JN113198

オサヒト覚え書き 関東大震災篇

石川逸子

一葉社

オサヒト覚え書き　関東大震災篇　目次

装画／カバー　無題　1990年
　　　表　紙「悼」　1995年
　　　本　扉「悼」　1999年
写真／石黒　健治
　　　関谷興仁作品集『悼―集成―』
　　　（朝露館・一葉社）より
装丁／松谷　剛

第一章
朝鮮人虐殺を追って
——3・1独立運動

3・1独立運動の聖地パゴダ公園（現・タプコル公園）内のレリーフ

「なんと小池都知事が、九月一日に都立横網町公園で行われる関東大震災朝鮮人犠牲者追悼式への追悼文送付を断ったそうではないですか。」

新聞を手に、現れたオサヒト（明治天皇ムツヒトの父・孝明天皇）は、のっけから憤慨に堪えないように話しかけてきた。女の子と男の子は背後で目を瞠（みは）っている。二人の背後に利発そうな少女が、ぼおっと霧のように立っている。どういうことかとオサヒトを振りかえるが、彼はそれより新聞記事に気をとられているようだ。

「あやまった策動と流言飛語のため六千余名にのぼる朝鮮人が尊い生命を奪われた」と刻まれた追悼碑が横網町公園にはあり、新聞報道によれば、東京都知事の追悼式への送付は、一九七〇年代にはじまり、二〇〇六年以降は歴代の都知事（石原慎太郎、猪瀬直樹、升添要一）が送付していた。

しかるに、小池都知事は二〇一六年には出していたが、これからは「毎年慣例的に出してきた。今後は私自身がよく目を通した上で適切に判断する」といい、その〝適切な判断〟の結果として、出さないことになったのだ。

昨年までは、「極度の混乱のなか、多くの在日朝鮮人の方々が、言われのない被害を受け、犠牲になられたという事件は、わが国の歴史の中でも稀に見る、誠に痛ましい出来事でした」との追悼文を送っていたのである。

　公益法人東京都慰霊協会主催の大法要が九月一日に開催されるので、そこに出席、「亡くなったすべての人に哀悼の意を表する」というのだが、天災での死者と虐殺による死者は、全くちがう。

　もともとは、二〇一七年三月の都議会一般質問で自民党の古賀利昭議員が「六千余名は根拠が希薄」であり、追悼式の文言に「六千余名、虐殺の文言がある。知事が歴史をゆがめる行為に加担することになりかねず、追悼の辞の発信を再考すべきだ」と指摘したのに対して、小池都知事が先の「今後は私自身がよく目を通した上で適切に判断……」と答弁したことに由来するらしい。

（この文を書いたのが、二〇一七年。そして五年後の二〇二二年、東京都人権プラザ主催の企画展をめぐり、人権施策担当の都職員が、関東大震災後の朝鮮人虐殺を事実として述べた場面がある映像に懸念を示したメールを送り、その後、同人権部は別の理由をつけて映像の上映中止を決定するという事件が起きた。メールでは、「朝鮮人虐殺を『事実』と発言する動画を使用することに懸念があります。都ではこの歴史認識について言及をしていません。」とあり、さらに今年も都知事が朝鮮人追悼式典に追悼文を送らなかったことも挙げていた。記者会見で、メールは適切か問われた小池知事は、「よく存じ上げていない」とのみ。）

「適切な判断が、追悼文中止とは、おどろきます。朝鮮人虐殺については、山ほど研究・調査がなされ、書物もいっぱい出ています。わたしでさえ少々は、学んでいるというのに。」

「都知事を諫（いさ）める役人もいなかったか。問題です。」

「ところで……」

　とオサヒト。

「姜徳相（カンドクサン）『関東大震災』を読んだら、彼は、一九一九年の朝鮮人民の3・1蜂起ほかをあげて、『事件は日本帝国主義の植民地支配の問題を絶対避けて通れないと同時に朝鮮人民の解放闘争との関連なしには正しい歴史的位置づけはできない。』と言っています。

　先に（『オサヒト覚え書き追跡篇』第二章参照）一九一九年一月二十一日の高宗（コジョン）の死去に対する朝鮮人民の憤激が大きな引き金となって、3・1独立運動が起こったようだと学びましたね。」

「はい、たしかに。」

「それでは、関東大震災朝鮮人虐殺の詳細を知るまえに、そもそも3・1独立運動とはなんであったか、調べる必要があるのではありませんか。」

　オサヒトの言い分も一理ある。そこで、まず、3・1事件とは何か、探偵団さながら調査に、いや、勉強に、いわば二人三脚で乗り出すことになったのであった。

「ええと、韓国の教科書では、一九一九年三月一日、互いに連絡をとっていた宗教界の代表者たちが先頭に立って、民族代表三十三人の名で独立宣言文を朗読し、独立を国内外に宣布した、とあります。」

「日本の中学教科書でも良質な『学び舎』をのぞくと、『朝鮮全土で、都市でも村でも、盛んに集会が開かれ、独立を宣言する運動が行われました。約百十万人が参加し、四月末までに千二百回以上デモが行われました。』と記してありました。朴殷植（パクウンシク）『朝鮮独立運動の血史』には、参加人員は二百二万三千九十八とあり、伝聞による最小値の数値なのでもっと多かったとも推定されますが……」

独立運動は、朝鮮のみならず、日本において、留学生たちが、早くも二月八日、東京で独立を要求する宣言書と決議文を日本政府に突きつけ、デモを行っており、同月、満州吉林（チーリン）では民族指導者三十九名が、独立宣言書を発表していた。冒頭の文はこうだ。

「全朝鮮青年独立団は、二千万朝鮮民族を代表して、正義と自由との勝利を得たる世界万国の前に独立を期成せんことを宣言す。」と。

「朴殷植は、在日留学生たち六百余名が、朝鮮人青年会館に集まった状況を次のように記しています。

『崔八鏞（チェパルヨン）が演壇に登って演説をした。悲憤慷慨の演説は、声涙ともに下る激しいものであった。ついで宣言文と決議文を朗読し、指を切って血を流し、その血で独立要求書を書き、まさに日本の国会に提出しようとしたそのとき、日本の警官八十余名が突然襲いかかり、署名した諸君を逮捕しようとした。学生たちは、道理により不当逮捕の理由を詰問した。』と。」

詰問に対するに、警官は剣を抜いて学生たちに斬りつけ、血が会場に飛び散るなか、六十余名が西神田署に拘引される。さらに警察は、学生の宿舎を家宅捜索、一人一人に刑事一人の監視をつけたのだった。

長文の宣言書のなかには、次のような文面もあった。

「（略）爾来（じらい）十年間、独立運動の犠牲となった者の数や十万、惨酷な憲兵政治の下に手足の自由を奪われ口舌に箝制を受けつつも、しかもかつて独立運動の絶えたことはない。このようにしてみると、朝鮮、日本の合併は、朝鮮民族の意思でないことを知ることができるであろう。このようにわが民族は、日本の帝国主義的野心、詐欺と暴力のもとに、わが民族自身の意思に反する運命におかれている。（略）」

「ああ、こうも宣言していますね。
『わが民族は、一兵すらもっていない。わが民族は、兵力をもって日本に抵抗する実力はない。しかしながら、日本がもしわが民族の正当な要求に応じなければ、わが民族は日本に対し、永遠の血戦を宣言するであろう。』

朝鮮人青年会館は、今は水道橋の韓国ＹＭＣＡ会館ですね。そういえば、あそこにたしか、独立宣言の記念碑がありました。」

「宣言中には、『東洋平和の見地からみても、その最大の脅威であったロシアはすでに帝国主義的野心を放棄し、正義と自由と博愛とを基礎とする新国家の建設に努力しつつある。』とあって、一九一七年のロシア革命に鼓舞された点もあったようです。」

「近ごろ東京新聞（２０１９・２・28）に、大学院生の姜明錫（カンミョンソク）という方が、「三・一独立宣言の秘話」と題して、あらまし以下のような文を投稿していますね。

『私が住む東京・西早稲田の早稲田奉仕園の金庫に色あせた名簿が眠っていた。早稲田教会の前身、信交教会（一七年創立）の入会記録である。「宋継白（ソンケペク）、羅容均（ナヨンギュン）」。一八年十一月に二人の朝鮮人が署名していた。羅は韓国の国会副議長まで務めた人物だったが、より関心を抱いたのは宋の人生だ。

「二千万民衆が助けを求めている。朝鮮国家の責任を負うべきわれわれ青年学生はこれを黙視できるのか」。一七年十一月十七日。早大二年生の宋は、東京の朝鮮基督教青年会館（現在の在日本韓国ＹＭＣＡ）で演説した。宋らを監視した警察が記録していた。

第一次大戦後、民族自決の機運が高まる。日本の韓国併合下、朝鮮留学生たちは「二・八独立宣言」

を企てた。宋は朝鮮への密使に抜擢された。宣言の計画を伝えて朝鮮の独立運動を促し、資金を調達するためだった。

初代高麗大学総長を務めた玄相允（ヒョンサンユン）は、手記「三一運動の回想」でこう書く。「(宋)が帽子の内皮に隠し持ってきた宣言書の草案を見せてくれた」。宋が命懸けで伝えた計画は、三・一独立宣言を起草したメンバーに影響を与えた。

二・八宣言は一九年二月八日、東京・神田の朝鮮基督教青年会館で発表された。警察官が乱入し、宋ら九人は出版法違反罪で禁錮刑に処された。服役後に亡くなった宋の人生について、詳しい記録はない。同じ留学生として、無念の死を遂げた宋の足跡を研究したい。』」

「帽子の内皮に隠し持って」と生々しい記録。まさに留学生たちの宣言は3・1宣言の先駆けであったとわかる。

その朝鮮では、2・8宣言の影響下、宗教関係者や学生を中心に独立運動をひそかに準備していた。そこへ、長く徳寿宮（トクスグン）に幽閉されていた高宗が、一九一九年一月突如として死去、毒殺の疑惑を呼んで民衆も騒然とするなか、葬儀の二日前の三月一日にパゴダ公園（現・タプコル公園）で独立宣言文を発表することが定まる。

「疑惑どころか、先に調べたように毒殺されたのにちがいない。わたしのときと同じ手口ですよ。」

おどろくべきことながら、3・1独立運動は、総督府には全く知られずに、粛々と準備が進められていったのだ。ゆえに、当日、宣言発表式は、泰和館（テファグァン）に変更されたけれども、パゴダ公園には早朝から数千の学生や一般市民が集まっていた。やがて、太極旗がはためき、学生たち主導で独立宣言文が朗読され、「独立万歳!」の声が沸き起こる。

人びとは義兵たちが歌っていた「光復歌(クァンボクカ)」「独立歌」を歌いつつ、示威行進を始める。街も数千の群集で埋め尽くされた。

ちなみに「光復歌」は三番まであり、一、三番は、次のようだ。

一　二千万同胞よ立ち上がれ
　　立ち上がって銃をにない剣を取れ
　　失った祖国と汝の自由を
　　敵の手中から血で奪い取れ

三　たぎる血潮で青山をひとしくぬらし
　　故国の河川を赤くそめよ
　　軍国の大敵をみな撃ち破り
　　自由の鐘を鳴らすまで

（朴慶植 訳）

なお、3・1独立運動は、義兵運動とはちがい、非暴力非服従の闘争であったことも着目する必要があるだろう。

「朴殷植は、『朝鮮独立運動の血史』で『わが二千万朝鮮民族が、正義人道の旗幟(きし)をあげ、民族的忠誠を甲冑(かっちゅう)とし、赤い血潮を砲火とし、古今未曾有の非暴力革命を開始し、世界の檜舞台に登場した特筆すべき日』だと称えています。」

「その本には徳寿宮前に集まって独立万歳を叫ぶ民衆の写真が載っていますが、いやはや凄い数ですね。」

「光化門(クァンファムン)に山をなして集まっている民衆の表情も希望に満ちていますよ。」

「鐘路(チョンノ)を行く女学生のデモを写した写真。先頭の女学生たちは、翼のように大きく手を広げて叫んでいます。」

宣言書は、最初に「われらはここに、わが朝鮮国が独立国であること、および朝鮮人が自由の民であることを宣言する。このことを世界万邦に告げ、人類平等の大義を闡明(せんめい)し、これをもって子孫万代に告げ、民族自存の正当なる権利を永久に有するものである。」と高らかに告げていた。

東学・第三代の教主・孫秉熙(ソンビョンヒ)が改称した天道教、キリスト教、佛教の指導者三十三名が集まり、計画したもので、天道教が主導し、宣言書も、天道教直営の印刷所で二万一千枚印刷され、秘密裏に全国に配られた。起草者は、六堂(ユクタン)のペンネームを持つ詩人、崔南善(チェナムソン)。

「道理で格調高い文体なのもうなずけます。」

「惜しむらくは、のち彼は変節し、日本が占領支配した『満州』の建国大学教授となり、八紘一宇を称える言辞もあって、同じく宣言書に名を連ねた詩人、韓龍雲(ハンヨンウン)から、もはや私の中で彼は亡くなった人だ、といわしめていますね。一九四九年に反民族行為処罰法で処罰されてしまったとか。」

「かたや韓龍雲。この詩人は硬骨のひとでした。そもそも東学農民革命に加担して仏寺に身を隠し、数年間修業のあと、僧侶となります。一九〇八年には渡日して曹洞宗大学（現・駒沢大学）で佛教・東洋哲学を学んでもいますね。

　そして、３・１運動のおり、佛教界代表として署名したことで、検挙され、三年間獄にありました。彼は、獄中でも、筆をふるい、〝獄中の独立宣言文〟といわれる書を記しており、冒頭は次の文で始まっています。

『自由は万物の生命であり、平和は人生の幸福である。だから自由がない人は死骸同然であり、平和を失った者は最も苦痛な人である。圧迫を受ける人の周囲の空気は墳墓と化し、争奪を事とする者の境涯は地獄になるので、宇宙に存在する万物の最も理想的な幸福の基礎はとりも直さず自由と平和にある。

　それゆえ自由を得るためには命を鴻毛（こうもう）のように顧みず、平和を保つためには犠牲を甘受するのであって、これは人生の権利であると同時にまた義務なのだ。しかし、自由の公の決まりは古人の自由を侵さないことを限度とする。だから、侵略的な自由は平和がない野蛮な自由となるのである。平和の精神は平等にあるので、平等は平和のよき友といえる。』

　ああ、今でもよくよく玩味すべき思考ではありませんか。

　彼は、詩人でもあり、『ニムの沈黙』（一九二六年）から、金素雲（キムソウン）が二篇訳していますが、ここでは現代的な金時鐘（キムシジョン）の訳を紹介しておきましょう。そうだ、朗読してくれますか。」

　霧のような少女に、ためしに頼むと、頷いてなかなか良い声で朗読してくれた。

知りようがないのです。

風もない空のなかに垂直に波紋を押し出しながら
静かに落ちている桐の葉はどなたの足跡なのですか。
退屈な霖雨(ながあめ)の果てで西風に追われている　こわい黒雲の割れ目
から　ちらっちらっと見える蒼い空はどなたの顔なのですか。
花もない大木の青い苔越しに見ゆる塔の上の
ひそかな空をかすめるあのえもしれぬ香りはどなたの息吹きな
のですか。
源は知りようもないところから生まれ出て
角ばった石を鳴らしつつ細く流れるせせらぎは　どなたの歌なの
ですか。
蓮の花のような踵(かがと)で涯しない海を踏みしめ　玉のような手で果
てもない空を撫でながら落ちていく日を　粧(よそお)わすあの夕暮れ

の茜はどなたの詩なのですか。

燃え残った灰がまた油ともなります。止むことなく燃えている
私の胸はどなたの夜を護るか細い灯なのですか。

（「お姉さん、朗読うまいなあ」「ほんと」男の子と女の子が同時につぶやく）

「なかなかに情感がこもった、かつ、内に解放をねがう想いを秘めた詩ではありませんか。」

「ええ、絶唱ともいえます。ああ、残念にも解放の前年に亡くなっていますよ。享年六十五。」

「宣言は、日本についても瞠目すべきことを言っていますね。

『こんにちわれわれが朝鮮独立をはかるのは、朝鮮人に対しては、民族の正当なる尊栄を獲得させるものであると同時に、日本に対しては、邪悪なる路より出でて、東洋の支持者たるの重責をまっとうさせるものであり、中国に対しては、夢寐にもわすれえない不安や恐怖から脱出させんとするものである。かつまた、世界の平和、人類の幸福を達成するには、東洋の平和がその重要な一部をなし、そのためにはこの朝鮮の独立が、必要な段階である。どうしてこれが、小さな感情の問題であろうか』と。」

「おう、邪悪なる路を、日本はそのまま突き進んでしまったとは！」

うん、うん、と男の子も女の子もしっかり頷いている。そっと少女も。

独立宣言の発表と同時に、長文の「日本に通告する書」も発表された。

そのなかで、朝鮮併合は、「内には二千万の含憤蓄怨し機をみて離せんことを思う朝鮮民族を、軍隊

と警察とをもって威圧し、外には東洋治乱の主軸である四億の中国人が永久不磨の疑懼の念を抱き上下一致して排斥をおこなうにいたらしめ、ついには東洋共存の原則をたてる余地もないようにした。」とし、「このような恐るべき趨勢にかんがみ、両国の運命をあらたに匡正するのは、時下最大の緊急事でなければならない。」と指摘している。

実際、中国に対しても、一九一四年七月にはじまった第一次世界大戦のさい、大隈重信内閣は、元老・山県有朋、井上馨、松方正義の同意を得、中国・太平洋地域への野心をかなえる絶好のチャンスとみて、八月、ドイツに宣戦布告。たちまちドイツ租借地の山東半島、ドイツ領南洋諸島を占領し、翌年一月には中国大総統袁世凱に、二十一カ条要求を突きつけていた。

「火事場泥棒的ふるまいといえますね。一体どんな要求ですか。」

「ま、いけ図々しい内容です。

山東省ドイツ利権の譲渡、旅順・大連の租借権の九十九カ年延長、南満州などの利権を認める、中国の港湾・島を日本以外の国へ割譲・租借することの禁止、日本人の政治・財政・軍事顧問と日本人警察官採用。」

「なんと、ほとんど植民地支配にひとしい要求ではありませんか。」

「ところが、袁世凱は、最後の顧問について以外、認めてしまうのですね。憤慨した学生たちを中心に日本製品の不買運動が巻き起こっていきます。

そして、朝鮮全人民による一九一九年の3・1運動に大いに触発され、五月には5・4運動が澎湃として巻き起こり、日本もしぶしぶ要求を撤回せざるを得なくなったのでしたが……」

3・1独立運動は、またたくまに朝鮮全土にひろがり、各都市では、儒者が、キリスト教徒が、僧侶が、教師が、学生が、女学生が、妓女（ぎじょ）たちが、独立万歳を叫びながら整然と行進した。農村でも農民たちが深夜に山に登り、独立万歳を叫んだ。

三月から五月のあいだ、全国二百十八の市と郡のうち、二百十七の市・郡で、千四百九十一回の示威行動あるいは暴動が起こったのだ。

なかでも、平壌、義洲、高原、海洲開城、水原、広洲、大邱、光洲、釜山、木浦など、約三十八都市では実に一万人以上のデモが発生している。

「たとえば、平安道・平壌での様子をあげてみましょうか。

この地では、三月一日、キリスト教会の鐘が正午を告げた時、数人の独立運動指導者が高宗皇帝の追悼式を行うと発表、人びとが群がり集まってきました。

そこで、あらたに崇徳学校の校庭に式場を移し、数千人が集まるなかで、式が終わります。

と、突然、太極旗が台上にひるがえりました。さあ、参加の群集がおどろき、よろこぶなかで、独立運動の趣旨が配られ、ついで演説、独立宣言書が朗読されます。歓呼で迎える群集に、指導者たちはあらかじめ作ってきた手製の太極旗を群集に投げ与えるのですね。

万歳！の叫びがとどろき、あわてて日本警察署長が巡査数十名をひきいて駆けつけ、解散を命じたものの、すでに群集は市街に出て万歳を叫びつつ、踊り回りながら行進していました。

日本人が管理する普通学校ですら、子どもたちが授業を放棄して集まり、いっせいに万歳を叫びます。日本人教師は『飼っていたカモが川にながされ、十年の努力は水になった』と嘆いたといいます。

キリスト教徒・天道教徒たちも、合流し、行進します。

そこへ、日本憲兵・巡査が全員駆けつけ、群集数百人を逮捕、警察に引っ張っていきました。全員殴られ、気絶する者は数えきれません。

しかし、なお、おびただしい群集は、指導者にしたがって、警察署前に集合、不当逮捕者の釈放を要求します。

警察は、消防団を出動させ、ポンプで放水しても成功せず、なんと日本人に朝鮮服を着せて群集に紛れこませ、石を投げたり、警察署のガラス窓を割るなどして挑発させ、ついに群集に実弾を数十回も発射しました。

夜に入るや、道路の通行を禁止し、楽隊を組織した学生たちが、奏楽しつつ行進、万歳を叫ぶのに、日本軍・日本人消防団員が、前に後ろにまわって決闘をしかけます。

翌日には、首謀者を逮捕。たった一人の検挙に、十余人の憲兵・警察を動員、門を打ち破る荒々しさです。

しかし、首謀者が逮捕されていっても、一般の通行を禁止しても、三日になっても、むらがる群集の行進はやまず、日本軍が滅茶苦茶に発砲し、おびただしい犠牲者が出るなかで、ようやく群集は解散していったのでした。」

「商人たちまでが、店を閉めて抵抗したというではありませんか。」

「そうです。京城では、九日を期して商人たちが、全戸閉店してしまいます。総督府もはじめは、なに閉店すれば商売ができず、自分たちが損するだけだから放っておけばよいだろう、と言っていたものの、何日経っても店を開けないため、日本の実業家たちからも苦情が来る。

では、店を閉めて何をしているかというに、いたるところの路上や軒先でうずくまり、なにやら真剣に話し合っている、地方から出て来た者も、車や荷を放り出し、そこへ加わるといったわけで、ついに軍隊が出動して店を開けさせる事態になったとか。

独立は、まさしく全朝鮮人の悲願であったといえるでしょう。」

「万歳デモは、交通の便利な鉄道沿いの大都市から中小都市及び町村部へ波及し、群集を動員するために市の立つ日をえらぶ場合が多かったと、関東大震災85周年シンポジウム実行委員会編『震災・戒厳令・虐殺』のパンフレットには書いてありますね。」

「明治学院大学教員の鄭栄恒（チョンヨンファン）氏は、日本の敗戦直後に、常磐炭鉱の争議を応援、仲介に参加した人物、金斗鎔（キムドゥヨン）が、3・1運動に参加したときの回想が、『解放新聞』（一九七一年）に出ている、として紹介していますよ。

『屋根の上にあがって、万歳を叫び、独立の行進をして、警察が追いかけてきたけれども警察を路地のなかに連れ込んで、土倉のなかに落として殴りつけてやった。そして河原に隠していた太極旗を皆でとりあげて、はためかしながら歩いていった。しかし、最後には警察に拳銃や棍棒（こんぼう）で弾圧されてしまった。』

金斗鎔の故郷は、咸興南道（ハムギョンナムド）の咸興（ハムン）ですが、こんな光景があらゆるところで見られたのでしょう。」

「朝鮮人民すべての主張に対するに、日本は反省するどころか、凄まじい弾圧で応えたのですね。」

「はい。挙げればきりがありません。非暴力の示威行動に対して、日本軍、警察、巡査、消防隊員が、襲いかかり、殴打、虐殺、逮捕していきました。わかっているだけで、七千五百九人が殺され、一万五千九百六十一人が負傷、四万六千九百四十八人が検挙され、獄中で多くの者が死んでいったのです。」

「『朝鮮独立運動の血史』に、わたしも目を通しましたが、日本の暴虐は実に凄まじいですね。挙げだしたらキリがないので、ここではほんの一例をあげておきましょうか。

ええ、まず、独立運動者に対する蛮行例が、十七項目あげられていますので、そのいくつかを。

一、小学生を逮捕した時でも、猛打痛殴し、残忍無惨をきわめ、そのうえ殺害した。

五、数十名の女学生が整然とした態度で学校から公道にでると、日本兵は疾風のように追撃し、銃撃をあびせ、足で蹴り、強姦をおこなった。

六、消防団が鳶口（とびぐち）をもって男女老幼を問わず、人さえみれば攻撃した。

八、婦女と幼児の集会に、騎馬でとびこみ、横行闊歩し、無数の負傷者をだした。

十三、自宅でデモ行進を観望していたアメリカ人も、みな逮捕した。

十六、二、三人の人が道路上で言葉をかわしても、曲直を問わず鉄棒で乱打した。夜間には、問答無用で朝鮮人をうち倒し、その両股をへし折った。老若の婦人に対しては、首に革帯を結びつけ、鐘路に連行して警察に拘囚した。

また、出獄者の証言として、二十五例あげられていますが、どうして読むに耐えません。

二、訊問をうけようとする人を、木箱のなかにいれる。箱には鋭いピンを三面に挿しこんでおく。その箱の高さは四尺で、人はその体をかがめこんでやっと箱の中で立つことができる。そのような箱に四、五時間以上も放置しておいた。」

「そう、韓国の独立記念館に行ったとき、その模型を見ましたよ。小学生たちが集団で見学に来ていて、こちらは、日本人だと気づかれないかハラハラしましたっけ。少しオーバーに作ってあるのかとも思いましたが、事実だったのですね。」

「四、婦女の頭髪を縄でくくりつけ、天井にかけ、足指が地面につくかつかない状態にしておいた。
九、飲料水を与えなかった。そのため囚徒は、自己の小水をのんで渇をいやした。
十二、一坪の房に十人以上も収監したので、睡眠もとれず、半数は狂人となった。
二十二、鋭い竹針で爪と肉の間を刺し、一指二指から左右十指に及んだ。
二十三、手で訊問者の陰茎をもてあそび、勃起させてのちに細い竹でこれを打った。
二十四、女子をはだかにし、二、三時間鏡の前にたたせ、少しでもその身をかがめたりすると乱打した。

ああ、もうとても読むにしのびません。植民地女性を卑しみ、嗜虐的にいたぶることに快感をおぼえる。そう、『慰安所』制度の萌芽がすでにあったというべきでしょう。」

「四月十五日、華城郡堤巌里(ファンソンチェアムリ)での日本軍による村民虐殺は、証拠隠滅のため村は焼き払われたが、直後に入った西洋人宣教師が撮った写真と、生存者の証言により、世界に知れわたったのですね。

あらわれた日本軍は、村民を教会に集めておいて、一斉射撃、幼児までも容赦なく、撃ち殺し、放火して死体を焼いています。

わたしは、以前、在韓被爆者協会会長だった郭貴勲(クアククィフン)さんに連れられて、他の仲間とともにそこに行ったことがあります。

郭さんが、道々、車を運転しながら言われるには、韓国の中でもここの人たちは、とても悠長でのんびりしている人達だと言われていたとして、それを現わす民話を話してくれました。

父子で山に行って、先に行く父のところへ岩が落ちて来かかったのに、息子がゆっくり『アーボージー　岩・が・お・ち・てー・く・る・よ・う』と教えたので、言い終わったときには岩が落ち、父は圧死してしまった、と。

そんなのどかな村が、日本軍によって残忍な目にあい、殺され、焼かれてしまったのですね。

小さな記念館が建っていて、朴水月(パクモグウォル)詩人の詩が掲げられていました。

次の一節などグサッと刺さってきました。

なんといってみても
かれらが放った堤巌里の火は

今になって
かれらが消すすべもなく、
殺されたわたしたちの兄弟たちを
生き返らせるすべはない
（過ちを悔いることはかれらのつとめ、わたしたちの問題ではない）
（山口明子 訳）

そういえば、日本では英文学者でキリスト者の斎藤勇が、『或る殺戮事件』という題で、虐殺を悼む詩を書いていますね。」
「ほう、そんな人がいましたか。どんな詩です？」
「長いので、終章近くだけ挙げておきましょう。」

忽ち砲声、一発、二発……。
見るまに会堂は死骸の堂宇。
尚あきたらずして火を以て見舞ふ者があつた。
赤い炎の舌は壁を嘗めたが、
官憲の毒手に斃れた亡国の民を――
西洋邪教を信ずる者を――

憚（はばか）る如く、恐るる如く、守る如く、
彼らの死体を焼き払はない。
それと見て、風上の民家にも火をつけた、
燃える、燃える。四十軒の部落は、
一として焼き尽されざるはない。
君は茅屋（ぼうおく）の焼跡に立つて、
まだいぶり立つ臭気が鼻につかないか。
乳呑み児をだいた儘（まま）の若い母親、
逃げまどうて倒れた年よりなどの
黒焦げになつた惨状が見えないか。
何、ヘロデの子殺しよりもひどくないといふのか。
ピエドモントやアルメニアのより人数が少ないといふのか。
島原や長崎あたりの昔の事もあつたといふのか。
君子国にそんな例が珍しくないといふのか。
もしこれを恥とすることなくば、
呪はれたるかな、東海の君子の国。

或る新聞は簡単に伝へていう。

併合国土の基督教徒は、
群り集まつて騒擾を起し、
これが解散を命じた官憲に反抗したので、
暴徒の死者二十、焼失家屋十数戸と。
また或る新聞は一言半句これを記さない、
さながら春風に吹きちる花を見るやう。

「民藝運動の柳宗悦も、読売新聞に次のように寄稿していますね。

『併し日本は不幸にも刃を加へ罵りを与へた。之が果して相互の理解を生み、協力を果し、結合を全くするであらうか。否、朝鮮の全民が骨身に感じる所は限りない怨恨である、反抗である、憎悪である。分離である。独立が彼等の理想となるのは必然の結果であらう。彼等が日本を愛し得ないこそ自然であつて、敬ひ得るこそ例外である。』」

「官憲の横暴は、その時から百年余経った今も引き継がれているのではありませんかえ。」

「確かに。つい近ごろの新聞にも、愛知県警の留置所で、勾留中の男性がベルト手錠と取縄で裸のまま、トイレの便器に顔を突っこんだまま百四十時間以上放置され、死亡したとの記事が出ていますね（『朝日新聞』２０２２・12・17）。」

「名古屋刑務所でも、刑務官二十二人が、受刑者三名に対し、単独室で顔や手を殴打、アルコールスプレーを顔に吹きかけたりを、繰り返していたそうですよ（『朝日新聞』２０２２・12・７）。」

「入管で殺されたといえるウィシュマさんの場合もそう。」

ここにも、というように少女が黙って新聞を差し出す。

沖縄の辺野古新基地に抗議する市民に対し、海上保安庁の警備員が、首を押えつけたり、腕を背中から捩じ上げたりしているとの記事だ（『琉球新報』２０１４・９・11）。

「百年あまり経つのに、役人の体質は変わっていないということでしょうか。」

「関東大震災時の虐殺が未だに国家として、検証、反省されていないわけも、そこにありますね。」


アメリカでは、キリスト教会連合協議会東洋関係委員会が、朝鮮各地でなされた日本軍警ほかの暴虐証拠書類三十三を上院に提出、また日本にも送り、『ニューヨークタイムス』も、上海からの報告を掲載している。

『チャイナプレス』は、北京特派員ナサニエル・ペファーを一か月朝鮮に派遣し、ペファーは「朝鮮の真相」というパンフレットを発表する。冒頭、彼は読者に問う。


知っていますか、鉄道、銀行、運輸、交通会社、税関など、朝鮮における産業をコントロールするあらゆる機関が、日本政府の掌中にあることを？

また日本人執事が、裕福な朝鮮人家庭に入りこみ、支出を点検し、それを日本官憲に報告しており、日本人執事や官僚の許可なしにはなに一つできないことを？

朝鮮人は、銀行の自分の口座から金を払いもどすためにも、警察の許可をえなければならないことを？

証拠を得ようと、日本人が、朝鮮人の成人、少年に焼けた針金を摑ませるとか、鳶口で肉を引きちぎったり、焼けた鉄で肉をこがしたり、熱湯や赤唐辛子を鼻孔にそそぎこんだり、木針を爪先に挿し込むなどの拷問にかけていることを？

学校では、朝鮮人子弟はみずからの文化を軽蔑するように教わり、かれらの言葉は禁止され、その歴史が嘲弄されていることを？

神の王国について説教したある朝鮮人牧師が逮捕され、「王国は一つしかない。すなわち日本の王国だ」と教えこむ法廷から叱責されたということを？

帝政ロシアの最大の暗黒時代以上に偏在するスパイに、官庁に、掌握されて、この国が呻吟していることを、知っていますか？


ペファーは足で歩き、耳を傾け、日本の強圧的支配を知り、３・１独立運動について次のように分析した。

これは「プロの煽動家」がおこしたものではなく、全国民的運動である。ただの男女店員、百姓、家庭の娘、母親たちが運動を心で受け止め、愛国者となったのだ。

それゆえに運動の秘密は保たれ、厳重な日本官憲が全く気付かないうちに「独立宣言文」は、幾千となく印刷され、全国に送られ、幾千という朝鮮の国旗・太極旗が作られ、各都市で会合と演説者が決められ、蜂起の正確な時間まで統一して行われた。

以後、激しい弾圧にもかかわらず、謄写刷りの『独立新聞』が発行され、国中に運ばれ配布されている。学生たちは、日本語は外国語としてのみ教わるべきであると主張し、恫喝する校長の目の前で日本語教科書を引き裂き、ストライキに入っている、と。

「わずか十六歳で西大門（ソデムン）刑務所で獄死した柳寛順（ユグァンスン）は、日本でも知られているようですね。」

「梨花（イファ）学堂在学中だった彼女は、両親はじめ村人たちを引き連れて故郷の竝川（アオネ）市場へおもむき、太極旗をくばり、三千里江山（サムチョンリガンサン）に響きわたるまで万歳を叫びましょう、と呼びかけ、大声で大韓独立万歳！と叫び、捕らわれました。ソウル高等法院で法廷冒瀆罪も加算され、七年の刑を言い渡され、刑務所内でも厳しい拷問に耐え、万歳を叫び、同志たちを励ましつづけたそうです。

また、金瑪利亜（キムマリア）らは、大韓民国愛国婦人会を一九一九年六月に組織、二か月間に百人以上の会員を集め、六千ウォン余を上海臨時政府に送金、発覚して捕らわれていますね。クリスチャンの家に生まれた彼女は日本に留学していて、２・８独立宣言にも参加していました。

乳房を切りとられるほどの拷問を加えられながら、法廷で堂々次のように陳述したそうですよ。

『独立運動は男女ともになさねばならず、朝鮮と日本の幸福と世界の平和を図るためのもの』である、と。」

「そういえば、二〇一四年三月八日、高麗博物館で詩人・韓国現代文化オウリム（相互理解）研究所所長・李潤玉（イユノック）氏の講演をあなたと聞きにいきましたな。」

「たしか、『夜明けを求めて――詩と画でつづる独立運動の女性たち』という題でした。」

「李潤玉氏は、十年以上かけて研究・調査をおこない、それまで野に咲く花だった女性独立運動家を詩によって顕彰されていたのには感心したものだ。」

「たった十四歳、全羅南道（チョルラナンド）・木浦（モッポ）の貞明（チョンミョン）女学校生徒の金羅烈（キムナヨル）が、独立運動の指導者として逮捕されていたことを調べ、次のように、詩で顕彰していますね。」

また、朗読してくれるかな？　少女に尋ねると黙って詩をのぞきこみ、朗読をはじめた。途中、泣いてるようでもあった。

リボンの似合う14歳の乙女、木浦の喊声・金羅烈

波止場の海風は肌を刺すと
詰るでない
奪われた祖国を
掠め取り過ぎて行く風が
薄情だと駄々を捏ねるでない
リボンのよく似合う乙女たちを
つぎつぎと鉄窓に囚われたと
悲しむでない
春になれば波止場に吹いて来る
暖かい海風に乗って

さびしい雁たちが寄り添い合って
飛んでくるように――
貞明女学校の幼い天使たちが
港の灯台を点し

（金里博 訳）

「彼女は収監時、長い髪を引っ張られ、土足で腰を蹴飛ばされたことが原因で、生涯腰の痛みに苦しめられたそうです。

五十四歳の金絡（キムラック）は、夫、二人の息子も独立運動で殺され、自身も拷問で両目を刺され、失明しています。

激しい弾圧によって息もできなくなった故国から脱出、戦い抜いた女性たちもいました。

『釜山が産んだ大陸の花』と題して顕彰された、朴次貞（パクチャジョン）さんについての次の詩も、わすれられません。」

釜山が産んだ大陸の花――朴次貞

土塀のうえにひっそりと這いのぼる南瓜の蔓
天は雨を降らすのか　垂れこめた黒雲
あなたがいらっしゃるはずは無いのに

東菜(トンネ)の七山洞(チルサンノン)の生家、がらんとした家の母屋の広場には
どこからか飛んできた季節外れの一羽の白い蝶
あなたも蝶となり故里を訪ね来られたか
縁側に腰を下ろした旅人　崑崙山(クンルンシャン)の空を想う
釜山の大人びた文学少女
一九一〇年、恥辱の日に自決した父を追い
燃え上がった抗日の闘いの末　義烈団に投じた身
トルストイとツルゲーネフを愛する
朝鮮の血を滾らせた革命家と結んだ誓い
新婚の部屋に燃え上がる蝋燭の火を憂国の炬火とし
大陸を攪乱し日帝に敵対した女傑
崑崙山　血しぶく戦闘に果てた三十四歳の命
倭敵の銃剣に翼を折られはしたが
国を愛する心は死すとも変わらず
祖国の光復を迎えた日　血染めのチョゴリを胸に抱き
故郷の地へ戻りきた夫の悲憤を鎮める時
長い日照りの末　時あたかも蜜陽甘田洞(ミリャンカムジョンドン)の
空に降った慈雨

血のように大地に染み入った不屈の闘士よ。

（上野都 訳）

「陸軍省は、『鎮撫ニ際シテ、特別ノ手段ヲ採ルノ已ムナキニ至レリ』と報告しています。

街頭で『万歳』を叫んだだけで、ふいに後ろから巡査に突き倒された青年はどうなったか。

刀を抜いた巡査は、あたかも木こりが堅い古樫を切るように、青年に無茶苦茶に切りつけたため、頭蓋骨が破れて脳漿があらわれた。その両手も斬られ、骨が見えていたといいます。」

「人間性をうしなったものたちが、我が物顔にヒドイ仕打ちをしていたのですね。野蛮そのものなのは、自分たちなのに。侵略は一個の人間を野獣にかえてしまうようだ。いや、そう言っては野獣に怒られるでしょうね。

ときに……」

と、オサヒトが尋ねる。

「この時期の朝鮮総督はだれでしたか。」

「ええと、まだ初代寺内正毅（てらうちまさたけ）だったかどうか。ああ、寺内は、一九一六年には、『朝鮮併合』の功績で、首相になっていました。つまり3・1運動のときには、総督ではありませんでした。

ちなみに、前の書（『オサヒト覚え書き追跡篇』）で説明したように、寺内の出自は、安倍元首相ご自慢の長州。藩士の三男。母方の寺内家の養子となり、戊辰戦争では御楯隊士（みたてたいし）として函館五稜郭戦にも参戦しています。西南戦争のさいには、最大激戦地の田原坂（たばるざか）戦で負傷、右手が使えなくなり、その後は陸軍士官学校長、日清戦争では兵站（へいたん）の最高責任者である運輸通信大臣。日露戦争では、陸軍大臣、一八九八年には南満州鉄道設立委員長、陸軍大将になっています。

これも先述しましたが、伊藤博文（いとうひろぶみ）が高宗を脅したときには、彼が軍隊を引き連れ、王城をびっしり包囲しておりました。

「はて、似た光景を見たことがあるような。

そうだ、イワクラ、大久保らが、いわゆる『大政奉還』権力奪取のクーデターをおこなったとき、西郷隆盛の薩摩軍が朝廷をびっしり囲んでおった。

まさに同じ手口ですよ。」

「寺内は、その功労でしょう、一九一〇年五月、第三代朝鮮統監、『日韓併合』と同時に陸相兼務のまま、初代総督となっています。

そのとき、得意げに『小早川加藤小西が世にあらば今宵の月をいかに見るらん』という歌を詠んだ。秀吉が果たせなかった朝鮮占領をなしとげた、と祝杯をあげたわけです。隣国への敬意など彼にはみじんもありませんね。

一九一二年には、朝鮮総督府訓令第四一号『笞刑執行心得』を出したのも彼です。

心得には、次のような条項もありました。

・笞刑は食後一時間以上を経過して執行し、執行前成るべく大小便を為さしむべし。

・執行中受刑者号泣する虞（おそれ）あるときは、湿潤したる布片を之に噛ましむることを得。

3・1独立運動のおり、出版法違反で三か月拘置された作家、金東仁（キムドンイン）がズバリ『笞刑』という小説を書いているのを読んだことがあります。笞刑で散々な目にあった主人公は、その後、わずか五坪ほどの監獄に放りこまれ、次々放りこまれてくるので、ついに四十一人。糞尿のむせかえる臭いのなか、頭と胴体はどこへいったかわからない状態。

房内で、息子二人が銃殺された老人が、笞刑九十の判決を受け、死にたくないと控訴すると、主人公も他の者も一斉に怒り出します。悲しいかな、老人一人でも出てくれれば少しは場所が広くなると願って。『息子が二人とも鉄砲に撃たれて死んでしまったのに、じいさん一人生きていてどうするんだ、え』控訴を取り下げて看守に連れられていく老人。やがて彼が力なくあげる悲鳴が聞こえてくる……。

笞刑については、ずっとのちに中野重治がエッセーを書き（一九五八年）、そのエッセーを読んだ詩人、濱口國雄（はまぐちくにお）が、『むくげの花』という題で詩を書いていますが……。

ともあれ、寺内は、まさに朝鮮植民地支配にじかに関わった人物です。その功績で、大勲位菊花大綬章をもらい、その功績でなんと一九一六年、首相にのぼりつめたわけですから。

但し、おもにシベリア出兵によって生じた米騒動によって辞任していますが。

それから約百年後、寺内と同じ地元、山口県入りした安倍首相は、一八六八年の『明治維新』から五十年後の節目が寺内正毅、百年後が佐藤栄作と山口県出身だったことをあげ、百五十年後の二〇一八年まで、山口県出身の安倍晋三でありたい、と自民党県連の集会で述べているとは！　いやはや……（二〇〇七年九月二十五日辞職、二〇一二年十二月二十六日再首相、二〇二〇年九月十六日再辞職。二〇二二年七月八日、統一教会の看板であったことに恨みを買い銃殺される）。

あ、話がそれました。３・１独立運動時の総督は、同じく長州藩の支藩、岩国藩士の息子であった長谷川好道（はせがわよしみち）でした。

ああ、これまた、長州出。戊辰戦争時には精義隊（せいぎたい）小隊長として活躍、日清戦争では歩兵第十二旅団長として、旅順攻撃で戦功をたてています。

ほほ、その功により男爵にしてもらい、華族となり、日露戦争でも活躍、陸軍大将にのぼりつめ、一九〇四年、朝鮮駐剳（ちゅうさつぐん）軍司令官。」

「そういえば、３・１独立運動が起こったときの、日本の首相はだれでしたか。」

「原敬（はらたかし）ですね。寺内内閣が、米騒動で倒れ、政友会総裁である彼に、お鉢がまわってくるのですね。原は、盛岡藩士の次男として生まれています。祖父は家老だったようです。そして、徴兵制度の戸主は兵役義務から免除されるため、分家して平民籍になった。そこで、平民宰相と呼ばれています。」

「出自は東北、平民とあればリベラルではなかったろうか。」

「さあ、どうでしょう。簡単に略歴をたどってみますか。二十三歳のとき、郷里の先輩の伝手で、郵便報知新聞に入社、フランス語新聞の翻訳を担当、次第に論文も執筆しています。大隈重信が入ってくるとそりが合わず、退社。やがて外務省へ。第二次伊藤内閣では、陸奥外相のひきで外務次官。第二次松方内閣で大隈が外相となると外務省をやめ、大阪毎日新聞へ。やがて社長に。一九〇〇年、伊藤博文が立憲政友会を立ち上げるや入党、幹事長に。

日露戦争が始まると、桂太郎首相は、政局安定のため原と政権授受の密約を結んでいます。で、一九〇五年桂内閣が倒れ、西園寺内閣ができると原は内相になっています。一九一四年には政友会総裁に就任、藩閥政治を帝大卒のエリート政治に代えていっています。

　シベリア出兵に端を発した米騒動で、寺内内閣が倒れると後継首相になります。

　中国については、軍閥・段祺瑞（トワンチールイ）を掩護（えんご）した寺内とちがい、英米協調路線を堅持。多額の公債を発行するなかで、内政としては高等教育の拡張、地方の鉄道建設を推進、軍事費には前内閣の倍以上の予算を組んでいますね。憲政会主張の普通選挙には反対の立場。政界に隠然たる勢力をもつ元老・山県有朋とは巧みに連絡を保ちつつ、政友会の力を広げていってもいます。

　書き魔でもあって、多忙のなか、日記をくわしく付けていたことから、当時の政界状況が知られるのは有りがたいですね。

　一九二一年十一月四日、政友会京都支部大会に出席のため、東京駅改札口に向かったところを、山手線大塚駅職員・中岡良一に短刀で刺され、即死しました。中岡は、政商・財閥中心の政治に憤激の理由をあげていますが、十三年後には早くも釈放されているところを見ると、右翼に指嗾（しそう）されたのではないでしょうか。」

　その日記には、3・1事件についても、種々記述がある。

　まず三月二日、以下の電報が入る。

「京城において学生等始め二、三千人独立運動の為め集合せしに因り解散を命じ首謀者を逮捕したる由、危険の行動はなかりしも、各地にも此種の運動あり警戒の為め軍隊をも出す」

　三月十一日この件で閣議が開かれる。

　相談の結果、総督に対し次のような訓電が出される。

「内外に対し、きわめて軽微な問題とすることが必要だ。しかし、実際には厳重な処置を取って再び発生できないよう期せ。

ただし外国人はもっとも本件に注目しているので、惨酷苛烈だとの批評を招かないように十分注意するように。」

また、田中陸相の切なのぞみで、マスメディア等の取締りを行うよう、床次外相に指示している。

三月十九日、山県政務総監（有朋の養子）が報告のため帰京。原因はとにかくこのような事件が勃発することを全く気付かなかったことは長谷川総督の失態というほかない、と。

彼は小田原の父（山県有朋）のもとへも立ち寄り、武断政治では駄目だ、と話してきたと原にいう。

長谷川総督からは、とにかく軍隊を増派してほしいと言ってくる。

四月四日の閣議で、六大隊と補助憲兵四百名を増派することを、陸・海相ともに賛成して決める。

原は、いう。

「増派は海外に対し、いかにも重大事視しているように思われるだろうから、秘密に行わねばならん。」

田中陸相は賛成し、

「軍の出発も目立たぬように、青森・敦賀など各地から出発させ、上陸地点も各地からとしましょう。」

そのための費用は約二百万円と決め、原が蔵相と相談、支出する。

それでも八日の会議では、やはり公表がよいだろうと変わり、原は文案を出す。

「一部不逞の徒暴行して良民それ安堵に安んずるを得ざるに付、良民保護のため六大隊と補助憲兵四百名を増派する」と発表。

同時に、国境外への朝鮮人の交通を遮断するように、抜け目なく訓示している。

つまり長谷川総督の独断ではなく、原内閣の指令のもとに動いていたのだ。

「そういえば、今、思い出したのですが、広島で被爆した白昌義（ペクチャンギ）さん・辛福守（シンボッス）さんご夫妻を、一九八六年お訪ねしてお話を伺ったとき、白さんは、3・1独立運動が起きたとき、五歳だったが、村の青年たちが『朝鮮独立万歳！』と叫んだため、首に縄をつけられ、その縄を牛の尾にくくりつけて引きずりまわされていたのをハッキリ覚えていると言われていましたっけ。」

証言を記した『ヒロシマ・ナガサキを考える』誌（1986年4月・19号）を引っぱり出してみると、たしかに白が話していた。

「田舎で馬を乗っているものはおらんのに、馬に乗ってやってきて、片っぱしからですからね。首をひっかけて馬へひっつけて、そのままひっこじりますから。丸太を引きずるように。人間としては考えられんですね。」

白は、兄が日本人高利貸にだまされて全財産を失い、食い扶持をへらすため、十六歳で渡日。辛酸の末、三菱江波（えば）工場の下請け土木業者となった矢先、被爆、家族を失い、同じく原爆で夫と二人の子を失った辛と丸裸同士、一緒になったのだった。

白は同じく子どものとき、白いチマチョゴリを着て道を歩いている女性に、日本の青年が水鉄砲に墨をいれて打つのを目撃している。

牛のことが話題になったところで、夫妻を紹介してくれ、同席していた南炳鎮（ナムピョンジン）（在日女性朝鮮民主同盟広島県本部副委員長）が、憤懣やるかたない面持ちで、一九四三年頃になると、戦争中だからと米でも麦でも無条件に接収され、配給されたのか高粱と豆カスだけだった、国が取るのだが、一か月もしないうちに日本人個人の財産になっていた、と言われた。

「畑のいいところは煙草と綿を作らされ、供出させられる。こちらは食べるものを作りたいでしょ。じゃから麦をまいておくと、朝鮮の役人がどうして麦植えたか、煙草を植えよ、いうて。三人位来て、牛につけた犂で土掘りおこすのあるでしょ。あれを持ってきて、二人が牛の縄引っ張って、一人がうしろで梶取って、麦をひっくり返してしまう。引っくり返しておいて、煙草はお前らが植えい、綿を植えい。

煙草ができたら、植えた本人はまともな葉一枚でも吸うたら大変ですよ。きれいに干してそのまま全部供出。

綿も屑の綿しか自分では使えんです。全部いいのは花咲いてから捥いで乾かして供出してしまう。いまだに目に残っています。」

南は、松の枝から油を取って、強制的に供出させられるのだが、父が病身のため、一人で働いている祖父が、定まった供出量を提出できないため、若者が来て、細い木の枝で祖父をぶんなぐるのを目撃している。

松の葉を捥いで食べたこともある南。

「松の葉を撞いて干して粉にして、大豆を少し混ぜて、渋くてね。」

被爆後、やっと手にできた僅かな財産も家族もすべて失い、文字通り裸一貫で働きつづけた夫妻。服もぼろぼろ、縫う針もなく道ばたで拾った、針金で縫ったという。

子どもが生まれ、おしめが欲しくて、江波へ行ったとき、おしめが竿にいっぱい干してあって、盗もうと三回そこを通ったが、どうしても盗まれんかった、と。

バラックの隣の日本人女性が、そんなに苦労しなくても、被爆死した人へお金が出るから行ったらと教えてくれたので、区役所に行った。ところが、朝鮮、と書いたら、「悪いけど、外国人には出されませんよ。上の命令でそうなっているから」と言われ、泣きながら戻ってきたこともあったという。


少々脱線してしまったが、独立宣言と万歳デモは、朝鮮国内のみならず、およそ朝鮮人の住むところならどこでも実行されたことも忘れてはならないであろう。

朝鮮人が多く住む中国東北部の北間島（かんとう）・西間島は元より、ロシア領沿海州でも三月十七日、日本総領事館前を行進しながら万歳を叫んだ。

一方、三月から四月にかけて、ソウル、シベリア、「満州」、上海で、同時多発的に臨時政府政権構想が作りだされ、四月十三日、十か条の独立宣言文を発表、大韓民国臨時憲章と六項目の宣布文を制定、九月十一日、五十八条に及ぶ大韓民国臨時憲法が公布される。

憲章に曰く。

第一条　大韓民国は民主共和制とする。
第二条　大韓民国は臨時政府が臨時議政院の決議によってこれを統治する。
第三条　大韓民国の人民は男女・貴賤・貧富の階級がなく一切平等である。

臨時政府は共和制であり、皇帝政治を否定し、人民一切平等としたことも新しい考えといえる。

「天皇を神とし、人民を臣民、つまり家来とした大日本帝国憲法に比べると、実に新鮮、はるか先を行っておるわのう。

ローソク革命で韓国の大統領になった文在寅（ムンジェイン）は、二〇一八年の『3・1節記念辞』で、臨時政府の樹立について次のように述べているのを、インターネットで読みましたよ。」

いつの間にか、オサヒトは、パソコンも少々いじるらしい。ちょっと癪にさわって当方も調べてみると、たしかに次のような文在寅大統領の演説の一節が出てきた。

私たちの先祖の独立闘争は、世界のどの国よりも熾烈でした。
光復は決して外からもたらされたものではありません。
先祖たちが「最後の瞬間」まで死を恐れずに、
共に闘い成し遂げた結果です。

国民の皆さん、

3・1運動の最も大きな成果は、
独立宣言書に従った大韓民国臨時政府の樹立でした。

３・１運動で樹立された大韓民国臨時政府の憲法は、大韓民国が民主共和制であり、国の主権が国民にあると明確に刻んであります。それが今の大韓民国憲法の第一条になりました。

王政と植民地を飛び越して、私たちの先祖たちが、民主共和国に進むことができた力が、まさに３・１運動でした。


王政廃止をどう思うか、天皇であったオサヒトに、ふと、悪戯心で、尋ねてみる。

「なに、わたしの先祖は足利義満。もともと別に高貴なわけではあらしゃいません。そのため、美味い料理も食べられたというものの、天皇というミコシに胡坐(あぐら)をかいて、得意がっておったも束の間、邪魔になると殺されてしもうた。わたしを殺(あや)めたやつらは、代わりに使い勝手のよい少年のムツヒト(明治天皇)をミコシにして、この国をおのが掌中に収めてしまうたえ。

今おもえば、天皇など無くなったほうがよかったのですよ。おう、それを夙(つと)に感得し、一介の僧となって終わられた、かの光厳天皇は偉大な方でしたなあ。」

しみじみ述懐するふうであり、付いてきた女の子と男の子が大きく頷いたのにちょっと驚いた。後ろの利発気な少女も、なんだか頷いたように見える。

五月に入ると、米国宣教師が原のもとへやってきて、巡査・憲兵の不法いちじるしく、キリスト教徒も圧迫されていると述べ、伝道が前途不安であると訴える。

原は、軍隊増派により鎮静すれば、朝鮮人を日本人同等に扱うつもりであり、今回の出来事は一時の現象で、総督府と人びとの間に誤解があったのだろう、決して政府の趣旨ではない、となんとか弁明する。

「その間の五月九日、都が東京に移ってから五十年というので、大正天皇夫妻が上野公園に『行幸』、『幾万となき人衆沿道並に式場に於て万歳を唱へ聖徳を謳歌したり。』と原は書いています。」

「ヨシヒトはそういう大げさは好きでなかったのでは？

原武史（はらたけし）『大正天皇』を近ごろ読みましたが、ヨシヒトは伊藤博文らに徹底教育されたムツヒトとは違い、要求される〝現人神〟をきらい、ざっくばらんな生き方をのぞんでいたらしいですから。天皇就任の儀式でも、できるだけ簡略をのぞんでいますね。ま、それはかなわなかったわけですが……」

「そう言えば、七月十九日の日記に、ヨシヒトは、原に、内密なことだ、と言って、次のように話していました。

『先年、朝鮮に往きたる時、李王が日鮮支交渉して外国に当るべしとの趣旨を言ひ、伊藤側に在りて相当に取繕ひたり。』

ヨシヒトが皇太子時代、一九〇七年一月、伊藤博文の発案によって、韓国『行啓』がなされます。

一九〇七年といえば、高宗皇帝がオランダ・ハーグで開かれた万国平和会議に、日韓協約の無効を訴える密使を送ったのが発覚、皇帝の座を追われ、純宗（スンジョン）に譲らされた年でしたね。

伊藤は、再び同種の事件が起きないよう、純宗の皇太子・李垠（イウン）を日本留学の名目で朝鮮から一切切り離し、日本で育て、皇民化教育をほどこそうと企てます。

そしてその引き換えとして、ヨシヒトの『韓国行啓』を実行させたのでした。

十月十六日、軍艦・香取に乗って仁川（インチョン）に上陸、伊藤、純宗、李垠が迎えています。

十七日から十九日まで、ソウルに滞在、高宗にも会っています。万事ものものしい日程のなか、十歳の李垠をヨシヒトは可愛がり、昌徳宮（チャンドックン）内の秘苑を訪れたときには、有栖川宮（ありすがわのみや）の持っていたカメラを取り上げ、李垠に見せて、のぞいてご覧、皆がさかさまになって見えるでしょう、と声をかけ、覗かせたりしています。

ヨシヒトは、伊藤の思惑とは異なり、朝鮮語にも興味を示し、李垠が日本にやってくると、じかに朝鮮語で話したいと望み、韓国語の勉強をしています。天皇になってからも、学習をつづけ、侍従にもときおり、韓国語で話していたとか。

そんなヨシヒトの人柄を見抜けばこそ、高宗は、朝鮮独立の想いをそれとなく彼に伝えようとして、日本・朝鮮・中国三国がそれぞれ提携して西欧諸国にあたるべきではないかとのニュアンスでヨシヒトに話したのではなかったか。

側にいた伊藤博文が狼狽し、取り繕ったのを、ヨシヒトは聡（さと）くも見抜き、李垠と同じく籠の鳥の身は、その高宗の想いに共感し、気心の許せる原にだけは伝えたかったのではないか、そう思われます。
ああ、ヨシヒトもまた、哀れな犠牲者といえませんか。」

「たしかに、翻訳官に対してヨシヒトは、度々韓太子に会うから、少し韓国語を勉強してみたい、なにか本はないか、と頼んだり、李垠に会うごとに、そのときの話の中身をハングルで書いて発音と訳文をつけて出すように言ったりしていますね。

籠の鳥同士との親近感があったのか、朝鮮語を習おうという発想など、ムツヒトにもヒロヒトにもおよそなかったものです。

ヨシヒトは権力者たちが要求する天皇像が、感覚的にイヤだったのではないか。」

「ええ、そのような天皇であれば、バカにしてもかまわない、摂政のヒロヒトをもちあげるのだ。それがおそらく権力者たちの狙いだったから、戦前でさえ、ヨシヒトを笑い者にする笑話は許されていたのでしょう。

戦時中、小学校の時、ある男の子が、大正天皇はさあ、儀式のときに勅語をこう丸めてさあ、遠眼鏡みたいにしてのぞいていたってさ。へへ。と笑いながら、仕草を真似し、へえ、おバカな天皇だったのだなあ、と一同吹きだしてしまったのを覚えていますよ。事実ではなかったのですね。ヨシヒトとちがってヒロヒトの立派さをたたえる引き立て役に、ヨシヒトはどうやら使われてしまったのではないでしょうか。」

「たしかに、そういうことであろうかのう。」

オサヒトはムツヒト・ヒロヒトと対比して、権力者たちに、愚かな天皇としての伝説をでっちあげられた孫ヨシヒトをいたましく思いやる様子であった。

さて、凄まじい弾圧が欧米にも知られてしまい、武断政治ではまずいということで、原敬は、総督を、海軍大将斎藤実に代える。予備役を現役に復帰させての登用。軍部をしきる山県有朋をおもんばかっての現役復帰だ。

「斎藤実。のちに２・26事件のさいは内大臣で、青年将校に殺された人物ではありませんか。仙台藩、水沢伊達藩士の息子、奥州の出だ。海軍兵学寮を卒業、軍人一筋ながら、アメリカに留学、駐米公使館付武官などもしておる人物でしたね。ところで、政務総監は誰になりましたか。」

「水野錬太郎。関東大震災時の朝鮮人虐殺に関わった人物ですよ。」

「姜徳相は、この人事について次のように述べていますね。

『ここに軍部の創設した武官専制武断統治は崩壊した。原は政敵、寺内追い落としに植民地の「反乱」を巧みに利用した。それは別に「併合」以来、軍閥、寄生地主の植民地利権独占に対する政党派、産業ブルジョワジーの植民地利権の奪取を意味した。』とね。

斎藤、水野コンビは原の意向に沿って、中流の知識階級を懐柔し、親日派に育てる政策を着々と実行していくこととなります。

分断支配のために、ぼう大な機密費がふりまかれていくのですね。『ブタに餌を巻くようにばらまかれ、いたるところで投降・勧誘工作がはじまった』と、これも姜徳相が記しています。」

「では、斉藤が、京城到着のまさにその日、爆弾を投げられたのはその日本の魂胆を見破っていたからでしょうか。」

「ほう、知りませんでした。」

「九月一日京城南大門駅に到着した斉藤夫妻は、貴賓室から出て馬車に乗りました。そこへ、一人の老人が飛び出してきて斉藤めがけて爆弾を投げつけたのです。

総督暗殺団が入京しているとの噂もあり、日本側の警戒はきわめてきびしかったのですが、六十五歳の老人には注意が届かなかったのでしょう。

軍服を着ていた斉藤は九死に一生を得ています。乗り合わせていた水野錬太郎政務総監は軽傷、大阪朝日新聞特派員記者と満鉄理事が重傷、負傷者は三十名に達しました。」

「犯人はだれですか。」

「姜宇奎（カンウギュ）。平安南道（ピョンアンナムド）のひと。『日韓併合』以後は、シベリアの各地を往来、やがて学校をたてて民族教育を行っていました。3・1運動が故国で起こるや、老人同盟団を組織、代表となります。

前へ飛び出して爆弾を投げたにもかかわらず、老人のために宇奎は疑われず、旅館にもどり、数十日過ごしています。しかし、若い人びとが捕まり、拷問を受けていると知り、黙っているのは忍び難く、自首したのでした。

獄中にあっても、宇奎の意気は変わらず、一九二〇年三月十四日初公判では、訊問に対して次のように堂々、意見を開陳しています。

『日本は不義をもってわが国を併呑（へいどん）したが、これは世界人道の許さないところである。しかも、わたしは朝鮮の国民だ。さきに海外を放浪、宗教・教育事業に従事し、人心を啓発し、人材を養成し、祖国光復をはかったのも、死をもって止む決心であった。

日本に朝鮮を支配する能力はない。とくに、いわゆる同化などは痴夢にひとしい。長谷川は同化の困難なことを知って退却したが、斉藤は、天の意、人の心をかえりみず、軽率にも朝鮮に赴任し、東

洋平和を攪乱し、野蛮人の頭目となり、われわれの不倶戴天の怨讐となった。（傍線は引用者）

わたしが斉藤を殺害しようとした理由は、ここにある。』」

「おう、恐れ気もなくまっとうな意見を開陳したのですね。よほど胆力が備わっている仁なのでしょう。ああ、写真がありますね。いかにも知力がそなわった風貌ですね。日本が邪悪な道に進むことなく、朝鮮の独立を認めたなら、若者たちをどんなにか立派に育てたことでしょう。

姜宇奎。香華（こうげ）を手向（たむ）けるひとがまた増えてしまいました。」

同月二十五日死刑の判決。

判決を知るや、数千人の群衆が集まり、「万歳」を唱えている。

「あなたが香華を手向けるべき人物はまだおりますよ。

韓国で、今もよく歌われる『鳳仙花』という歌曲を知ってますか。」

「ああ、荒川土手での朝鮮人虐殺追悼式に、歌手の李政美（イチョンミ）さんが歌っていましたね。ええと。

垣根の下に咲く　鳳仙花よ
お前の姿が　もの悲しい
長い長い夏の日　きれいに咲く頃
美しい娘ら　お前を愛で遊んだ

という出だしだけ覚えていますが……」

「作曲者は、洪蘭波。朝鮮で教師として生徒たちに、スコットランド民謡やアメリカ民謡を教えていた彼は、音楽の道をさらに学びたくて一九一八年渡日、東京音楽学校予科に入学しています。予科を卒業した翌年に3・1独立運動が起きると、だいじなバイオリンを質に入れて独立宣言文を印刷、留学生たちに配っています。そのため官憲に監視されるようになり、そっと帰国、ヴィクトル・ユーゴーの『レ・ミゼラブル』などを翻訳したり、小説まで書いています。

本当は日本にもう一度行って東京音楽学校にもどりたかったのですが、〝不穏思想〟の持ち主ということで、復学を拒否されます。復学が認められたのは一九二六年。東京音楽学校入学と同時に、東京交響楽団・新響の第一バイオリニストとして活躍しました。

一九三一〜三三年にはアメリカ留学、一九三六年、京城中央放送局に洋楽責任者として入り、京城放送管弦楽団を作り、音楽家育成に努めています。

ところが一九三八年には、渡米中に在米朝鮮人主催の3・1記念式で独立万歳を叫んだとして、幾人かとともに収監されてしまうのです。獄中で受けた拷問により、肋膜炎を患い、一九四一年八月三十日、解放の日に会うことなく、亡くなりました。

さて、『鳳仙花』の成り立ちですが、一九二〇年に彼が発表した短編小説集『乙女の魂』中に、『哀愁』という題で楽譜を発表しています。それを目にしたのが、親友だった金亨俊。早速四四調の詩句をつけて、一九二五年、『鳳仙花』の題で発表したのです。

わたしたちの身の上もあの鳳仙花と同じだ、とつねづね金亨俊は蘭波に話していたとか。

独立を阻まれ、怒りと悲しみに満ちた二番の歌詞は次のようです。

いつしか夏は去り　秋風がそよ吹き
きれいな花房　無惨に蝕む
花は散り　老いさらばえた
お前の姿が　もの悲しい

そして三番は前途へのゆるぎない希望を歌います。

北風と　冷たい雪に
お前の姿は　なくなっても
平和を夢見る　お前の魂がここにあるから
うららかな春の日に　蘇ることを祈るよ

（李政美 訳）

民族の悲願を美しく謳いあげた『鳳仙花』は、人びとに愛され、朝鮮民族の歌となっていきました。」
「そのような経緯で作られ、ひろめられていったのですか。いやはや、日本人のわたしが聴いてもじーんとくるのだから、朝鮮人のひとたちがこの歌曲にしびれるのも無理はない。
それにしても、音楽のみならず小説も書けるすばらしい才能の持ち主を、日本は捕まえ、拷問し、その命を縮めてしまうとは！　実に申し訳ないことだ。

また、申し訳ないといえば、日本敗戦も間近い一九四五年二月、治安維持法で捕まり、福岡刑務所で獄死した詩人、尹東柱（ユンドンジュ）にもこのさい、香華を手向けねばなりませんが……」

「尹東柱だけではありません。ほかにも獄死した詩人がいますよ。たとえば日本官憲に拘留されたときの囚人番号をペンネームにしてしまった李陸史（イユクサ）などは、まだまだ日本人には知られていないようです。」

「ほう、どんな詩人ですか。」

「故郷、安東（アンドン）に一九六八年に建てられた碑があります。

その一節を読みましょうか。

『……二十歳のとき飄然と日本に渡り、一年あまり放浪して、二十三歳になった年にふたたび大陸に足をふみいれ、北京の士官学校に入学した。ここから先生の一生は祖国の光復運動にささげられることになった。一九二七年秋にしばらく帰国したが、張鎮弘（チャンジンホン）義士の朝鮮銀行大邱（テグ）支店爆弾事件に連座して、兄源祺（ウォンギ）、弟源一（ウォンイル）の三兄弟がともに逮捕され、二年あまりの惨酷な刑罰をうけた。このとき先生の囚人番号が六四だったことによって、その音をとってユクサと号したが、自嘲とみずからよしとする気概のからみあったこの名は先生の生涯を象徴するものとなった。（略）国内外に大小の事件があるたびに検束、投獄され、実に十七回、大邱、ソウル、北京にあった日本の監獄につながれたが、祖国の光復を一年まえにした一九四四年一月十六日、ついに北京の監獄で四十一歳を一期に義に殉じて波瀾おおい生涯をとじた。』」

「なんだか近寄りがたい怖そうな人ではないですか。詩も勇ましい詩を書くのでは？」

「青ぶどうの詩が最も愛されているようですが、ここは碑に刻まれた『曠野』という詩を朗読してみましょうか。いや、やっぱり朗読が上手そうな少女に頼みましょう。」

　こう言われると、霧のような少女は頷き、透き通るような声で以下の詩を朗読した。

曠野

はるかな日に
天が初めてひらかれ
どこかで鶏(とり)の声が聴こえたろう

すべて山なみが
海を恋いしたって馳けるときも
この地ばかりは侵し得なかったろう

絶えることないとしつきを
こまやかな季節が咲いてはうつろい
大河の流れが初めて道をひらいた

いま雪ふりしきり
梅の香ひとりほのかに匂いたつから
わたしはここに貧しいうたの種子を播かねば

ふたたび長い星霜ののちに
白馬に乗っておとずれる超人がいるはずだから
この曠野で声をかぎりにうたわせよう

（伊吹郷 訳）

「李陸史、なんだか聞いたことがあるような。そうだ、岩波文庫の金素雲訳篇『朝鮮詩集』の中で『青葡萄』という雅やかな詩を書いている詩人とひょっとして同一人でしょうか。」
「そうです。同一人です。青ぶどうの詩人といわれているほどですよ。

海原のひらける胸に／白き帆の影よどむころ
船旅にやつれたまひて／青袍（あをごろも）まとへるひとの訪るゝなり
かのひとと葡萄を摘まば／しとどに手も濡るるらむ

詩人であればこそ、土地を奪い言葉まで奪って、我が物顔に闊歩する日本が許せず、独立をめざして闘わねばならなかったのでしょう。

その李陸史の詩をさりげなく訳して載せた金素雲も、たいしたひとだといえましょう。だいたい訳詩集の冒頭の詩を、3・1独立宣言に加わった韓龍雲から始めているくらいですから。

それのみでなく、東学党の創始者で、日本官憲に殺されさらし首にされた全琫準（チョンポンジュン）を偲んだ童謡まで紹介していますね。

そう、そう、この詩です。

鳥よ　鳥よ　青鳥よ
緑豆（ノクト）の枝に　下（お）り立つな
緑豆の梢（こずえ）が　ちょと揺れりゃ
命落（おと）すを　知りゃすまい

なにしろ働きながら全くの独学で、北原白秋や佐藤春夫も舌を巻くほどに日本語を自家薬籠中のものにしてしまったひとだそうです。」

「まことにお隣の国は、文の国だ。

なんと金素雲は、朝鮮の童謡も訳し、岩波文庫から出していますよ。苦心して口伝の童謡をまとめたのですね。それも一九三三年。前年に傀儡の満州国を建て、国際連盟を脱退した年にです。」

「あ、私の生まれた年ですよ。」

「序文の『朝鮮の児童たちに』の文章には恥じ入りました。ほら、とくに、こんな記述。

『驟雨に晴衣を濡らすことがあっても、足の運びは早めない――、そうした「沈着」と「余裕」を君たちの父祖は人格の本道として愛した。古い昔から、絵画や工芸美術、衣の紐や舞の手に現われた柔和な線の持ち味が、何よりもよくこの民族性を反映している。閑雅なこの伝統を継承する君たちに、殺伐な武勇の精神が分る筈はない。「桃太郎」の凱旋が君たちにとってはこの上なく退屈であるように、君たちには君たちだけが知る心情の世界があり、その世界だけで君たちは思うさま翼を拡げて君たちの精神の高さを翔けることが出来るのだ。日本の童謡では「蝸牛」を見て「角出せ、槍出せ」と言い「出さなきゃ鋏でチョン切るぞ」と威すが、君たちは武骨な注文の代りに「長鼓を鳴らし、舞をまえ」と所望する。』」

「たしかに、犬、猿、雉にむすび一個やって家来にし、平和に暮らしている鬼の島に攻め入り、財宝をわっさわっさと略奪して引き上げる、あさましい童話を教わりましたっけ。

それにしても、金素雲は、よくこれだけの批判を恐れげもなく書いたものですね。おどろきます。」

「勇まし好きの軍人たちには、この皮肉が届かなかったかもしれない。それにしても、この文化の違いは、情けない。古の万葉人はこうではなかったはずだが……」

「日本にも、槇村浩という詩人がいて、朝鮮人に思いを寄せ、反戦のビラを配って逮捕され、獄中で病み、釈放後ほどなく死んだ、年若い高知の詩人がいますよ。彼にも香華を手向けるべきでは？」

「はて、どんな詩人です？」

「ええと『槇村浩全集』によりますと、一九一二年の生まれ。六歳のとき父が病死し、母、丑恵が、高知の病院に看護婦として勤めて彼を養育しています。

三、四歳のとき、医院の待合室に置いてあった医学雑誌を音読して医者を驚かせたとか、小学生になると綴り方教育に熱心な海治先生が担任だったこともあって、多くの童謡、童話を書き、神童と騒がれたそうです。

海南中学四年生の時には、同級生らと軍事教練に反対してクラスに呼びかけ、軍事教練に関する答案をクラス全員が白紙で出しています。

この頃は、高知の零細漁民、小作農、工場労働者が、世界恐慌のあおりを受けて、大型漁業の進出、小作料の値下げ、首切り等で、暮らしを脅かされ、やむなくストに立ち上がり、それを高校生らが支援している状況でしたから、多感な槇村も影響を受け、マルクス主義を学んでいったのでしょう。

一九三一年、十九歳で、できたてのプロレタリア作家同盟高知支部に加入を認められ、ほどなく共産青年同盟高知地区の同盟員になり、やがて共産党に入党、詩、評論などの文学活動だけでなく、反戦のビラを作って兵営にまくなど激しい反戦闘争を行うようになっていきました。

一九三二年四月二十一日、第三次共産党事件と呼ばれる大弾圧で、逮捕され、懲役三年の実刑を受けました。獄中で拘禁性うつ病を発症、一九三五年六月に釈放されましたが、衰弱した体は治らず、一九三八年、土佐脳病院で死去しています。享年二十六。

短い間に槇村はすぐれた反戦詩を多く発表しました。

そのなかでもわけて傑作は、名高い『間島パルチザンの歌』と『生ける銃架――満州駐屯軍兵卒に』

でしょうね。

『生ける銃架』には、次のような詩行もあります。

生ける銃架、お前が目的を知らず理由を問わず
お前と同じ他の国の生ける銃架を射×し
お前が死を以て衛(まも)らねばならぬ前衛の胸に、お前の銃剣を突き刺す時
背後にひゞく万国資本家の哄笑がお前の耳を打たないのか

突如鉛色の地平に鈍い音響が炸裂する
砂は崩れ、影は歪み、銃架は×を噴いて地上に倒れる
今ひとりの「忠良な臣民」が、こゝに愚劣な生涯を終えた
だがおれは期待する、他の多くのお前の仲間は、やがて銃を×に×ひ、剣を後に×へ
自らの解放に正しい途を撰(えら)び、生ける銃架たる事を止めるであろう」

「×に×ひ？　これは、いったい何の意味ですか」

「ああ、伏字(ふせじ)のことですか。

明記を避けるため、その字の部分を、○とか×とかに置き換えるのを伏字といいますが、明治政府は成立と同時に言論、報道の弾圧をおこなっており、やがて出版物の検閲制度が作られていって、た

とえば『革命』『内乱』『帝国主義』などもご法度になっていくんです。性行為を連想させるような表現も禁止でした。ひどい場合、一ページまるごと×××なんて場合もあったほどですよ。」

「ほう、おどろきました。

それはともあれ、わたしも『間島パルチザンの歌』は詠みましたよ。なんでも一九三五年頃、間島の小学校でこの詩を同胞が詠んだ詩と思い、学校で教えた朝鮮人の先生もいたそうではありませんか。」

「はい、それに、一九六二年、この詩を、サハリンの東海岸で、チェホフ朝鮮中学校の歴史教師、朴(パク)亨柱(ヒョンジュ)氏が発見、『日本人は悪辣千万(あくらつせんばん)な民族』と思い決めていたため、槇村が日本人であることをなかなか信じなかったそうです。で、本当に日本人だとわかると、数週間かけてロシア語に訳したと聞きました。

おゝ三月一日！
民族の血潮が胸を搏(う)つおれたちのどのひとりが
無限の憎悪を一瞬にたゝきつけたおれたちのどのひとりが
一九一九年三月一日を忘れようぞ！
その日
「大韓独立万歳！」の声は全土をゆるがし
踏み躙(にじ)られた××旗に代へて
母国の旗は家々の戸ごとに翻(ひるがえ)った

胸に迫る熱い涙をもっておれはその日を思ひ出す！
反抗のどよめきは故郷の村にまで伝はり
自由の歌は咸鏡（かんきょう）の嶺々に谺（こだま）した
おゝ、山から山、谷から谷に溢れ出た虐（しいた）げられたものらの無数の列よ！

（「間島パルチザンの歌」より）」

「戦時下の日本の若者が詠んだ歌とは、到底思えませんよね。」

ため息をつくオサヒトは放っておいて、斎藤実の統治にもどろう。

着任早々、手痛い歓迎を受けた斎藤実は、寺内の武断政策がまずかったとして、「文治政策」を取る。それは、原首相の政策でもあったが、はて、実態はどうだったか。

「例のペファーは、日本政府が各国の非難に応え、『朝鮮人に大きな自由と適度な自治を与えた』と声明しているものの、実際はどうであるのか、冷静に調査、少しも改まっていないことを記していますよ。」

ペファーは、ようやく釈放された人びとの「肉体に残る傷痕」、すなわち「ねじまげられた腕、引きさかれた肉、がっちり食いこんだ縄目、荒縄で束ねた三本の竹の鞭で九十回もなぐられた肉体」をじかに見たのだった。

数千という若者、少年少女たちは、「万歳」を叫んだだけで、酷寒の牢獄に入れられたままであり、日本の祝日には肩を怒らした日本人警官が街を歩き回って一軒一軒ヒノマルを揚げさせる。日本語は依然として主要科目のままだ、と。

その斎藤総督に、ペファーはインタビューしている。

会見後、皮肉たっぷりにペファーは書く。総督の答弁は、「その通り。しかしながら……」「……で要約できよう」というぼかした表現に尽きる。

「かれは、なにか明確なことを口にだすや否や、そのことからあらゆる意味および内容を引きぬいてしまう言葉をつけたすのである。『出版の自由。――しかし制約をともなう』『言論の自由。――しかし警官の監視つきの』……『朝鮮人はその言語を放棄するに及ばない。――ところが、日本語は、学校で使用が認められ学習される唯一の言葉であり、朝鮮語は、課外で教わるだけである』……『笞刑は廃止されるだろう。――しかし、それは後日』……」

「ペファーは、結論しています。

『総督の言葉には根本問題にふれている点が皆無であることを知ったばかりではない。総督が、根本問題について、実際なんらかの理解をもっているか否かについての、重大な疑惑さえ生まれるのである』と。

一九二九年四月一日、発禁にされ、日の目を見ることのなかった『東亜日報』の幻の論説、『斎藤実君に与える』は、『予備軍人から特別、現役に復活し、短剣を携えて総督の印綬を佩（はい）し、二万警吏の武装に予算の大半を注ぎながら、かえって口では文化政治を標榜し、礼砲とともに爆弾が轟鳴する中で総督府の新幹部を引率して京城に入って、すでに一千日』経った現在、その根本方針は何だったか、と十項目にわたって糾問し、速やかな辞職をすすめています。」

「十項目とは？」

「たとえば、斉藤総督は、赴任した早々、言論・集会・出版などに相当の考慮をくわえ、民意を発達させると声明しましたが、実情はどうかと、論説氏は、あらかた次のようにせまっていますね。

二千万の民衆を抱える朝鮮において朝鮮人の言論機関として許されたのは、わずか三種の新聞があるだけだ。

その中の一種は総督府にもっぱら追従して民衆から見放されて自滅の悲境に陥っている。

残りの二種には、総督府は苛酷な拘束を加え、ひんぴんとして押収処分をおこなう。さらに長期の停刊まで命じて事業の経営を極端に困難にさせている。

集会に対しては、依然として屋外集会の禁止を解かず、屋内の集会までも総督府を謳歌する者以外には、政治問題に関することは絶対禁止。

それのみならず学術的講演会の許可さえ厳重な制限を加え、講演中に片言隻句（へんげんせきく）でも隣席の下級警官の耳に逆らうことがあれば、弁士の拘束、集会の解散等、無数の圧迫を加えている。

出版にあっては原稿検閲制度をますます厳重に施行し、出版の不自由さは、いわゆる武断政治時代よりもひどくなっている。」

先述した柳宗悦も『東亜日報』に寄稿しており、これも発禁処分となる。

朝鮮人の目に触れることは、かなわなかった論説。柳はそこで次のようにも述べていた。

「もし朝鮮人に『日本はわれわれのために教育を与えるのか、日本のためにわれわれを教育するのか』

と問われたら、どんな日本人でも前者であるといいきれまい。

実際においてその教育は、朝鮮人の心からの要求や歴史的思想などを重んじて行うものではない。むしろそれらを否定し、真の歴史を教えず、外国語を避け、主として日本語で、日本の道徳で、その思想の方向を変えようとしている。ゆえに新たな教育方針に対して、親しみにくい感情を持つのも自然なことだ。

彼らにとって、略奪者と見えたものを、最も尊敬せよと言われるのだから。それでは解しがたく奇異な矛盾にみちた声にひびくにちがいない。」

「日本全土に満ちている朝鮮人蔑視の風潮のただなかで、まっとうな意見を開陳した柳は、硬骨のひとというべきでしょう。頭が下がります。

徐紘一(ソグエンイル)ハンシン大学国史学科教授は、斎藤のいわゆる文化政策は、民族の魂への抹殺政策であったと喝破していますね。

ところで、政務総監には、水野錬太郎という人物がなっていますが、彼はどんな男でしたか。」

「秋田藩の支藩、岩崎藩主・佐竹義理(さたけよしただ)に仕えた水野立三郎の子ですね。秋田藩は『オサヒト覚え書き』(「オサヒト」シリーズ第一弾)でもくわしく記しましたように、官軍についていましたから、奥羽越列藩同盟に勝利すると、佐竹義理は二万石の岩崎藩主となり、立三郎は公儀人になっています。

錬太郎は、帝大法科大学卒業後、第一銀行、農商務省をへて、内務省に入り、社寺局長、地方局長などを歴任、内務の大御所といわれるまでになっていきました。

著作権法を制定（一八九九年）したのは、水野です。

一九一八年、寺内正毅内閣の内務大臣。七月に富山の女性たちから始まった米騒動では、十万人の軍隊を各地に出動させ、新聞社には記事を書くことを禁止しています。」

「米価がわずか四年ほどのうちに二倍に、はね上がっているグラフを見たことがありますよ。第一次大戦で、ヨーロッパからの綿織物などのアジア輸入が激減したところへ日本製品がどっと入っていけた、漁夫の利を得て物価もわっと上がったわけだが、もうけたのは大企業。働く人びとの賃金は上がらず、米価だけが高騰し、富山で女性たち数百人が米の船積みを中止させ、米屋に押しかけたとの報道が伝わると、全国津々浦々まで米の安売りをもとめる人びとが立ち上がったのでしたね。」

「民衆の騒動をしずめるべく、軍隊が出動したわけで、これ一つからみても、軍隊は民衆を守るどころか、時の権力にしたがって民衆と対峙することがはっきりわかるというものです。」

「そのような経歴をもった水野が、翌年、斉藤総督のもと、政務総監になるわけです。日本人に対してさえ、牙をむく人物、植民地の人びとにどう対したか、推して知るべきでしょう。」

「原の日記を読むと、米騒動が再び起きないことを願って、米を多く輸入することに、えらく気を配っていますね。

ターゲットにされたのは、植民地の台湾・朝鮮。

台湾・朝鮮人には雑穀を、日本人にはコメを、というわけです。

朝鮮米を改良して、日本人の嗜好にあう米の増収をはかるとともに、朝鮮人には『補食』として麦・サツマイモ・ジャガイモを栽培させました。米の生産高はいちじるしく増えたのに、対日輸出がふえるのと並行して朝鮮人一人あたりの消費量は減っていることが、一九三六年版『朝鮮米穀統計要覧』

のグラフを見てもわかりますよ。」

「たしかに。」

「日本は綿花や桑の栽培も強制していましたから、それに対する抗議も独立運動のさい行われていますね。もちろん、新設された酒税・煙草税への抗議も。」

「それから、朝鮮とは一衣帯水(いちいたいすい)の中国東北部の北間島・西間島に運動が波及したことで、一九二〇年十月、日本軍は国境を越え、朝鮮人村落を包囲攻撃していますね。

二十九日、延吉(イエンチー)県細鱗河(シーリンホー)方面にふいにあらわれた数百名の日本軍は、朝鮮人家屋数百戸を焼き、多くの朝鮮人を銃殺、翌三十日にはそこから約二里の朝鮮人村落七十余戸を燃やし、五百余の銃弾をあびせて同村を包囲攻撃しています。

　この惨劇を目撃したカナダ系宣教師の目撃証言もあり、中国発行の『震檀(しんたん)』七号（1920・10）には以下の記事がありますよ。

『居住韓人三百余名ノ中、辛シテ遁レタルモノ僅ニ四、五名ノミ。其ノ他老若男女ハ火ニ死セスハ銃ニ傷ツキ、鶏犬タリトモ遺ル所ナク、屍体累々トシテ横リ、地ニ満チ、血ハ流レテ川ト成シ、見ル者涙下ラザルハナシ……』

　老若男女全く見境いなく虐殺しています。強かんも行われたことが記録されています。」

「ええと、水野は、一九二二年には加藤友三郎(かとうともさぶろう)内閣の治安担当内相となり、一九二三年九月一日関東大震災時には、加藤が死去して後任の山本内閣が決まるまで、陣頭指揮を取っていますね。

　水野の後任の後藤新平(ごとうしんぺい)にしても、それまで植民地支配した台湾の民生長官、さあ、このことが、大震災時の朝鮮人虐殺に影響してはいなかったでしょうか。」

「そういえば、関東大震災は九月一日に起きましたが、八月二十九日（一九一〇年）は、日韓併合が行われた日でしたから、朝鮮人にとっては国恥記念日、各地で集会が開かれていて、日本官憲はピリピリしていたでしょう。それも大虐殺に関係しなかったかどうか……」

第二章
関東大震災時の朝鮮人虐殺を追って

2009年に「グループ ほうせんか」が荒川土手近くに建てた関東大震災時韓国・朝鮮人殉難者追悼碑（一般社団法人ほうせんかホームページより）

とある冬の日、私の家の二階からオサヒトがひょっと現れたには驚いた。男の子と女の子は、よい遊び場を見つけた按配でひょいひょい飛び回っている。少女はといえば、書棚からなにか取り出して一心に読みふけっているようだ。

「あれ、家宅侵入で訴えますよ。どうしてそんなところにいたのです。」

「いや、関東大震災朝鮮人虐殺についてのめぼしい本はないかと探していました。」

「図書館でもあるまいに、家探(やさが)ししたってなにも出てはきませんよ。」

「ところが、こんなパンフレットを見つけましたよ。」

オサヒトが振って見せたのは、製作・麦の会、構成監督・呉充功(オチュンゴン)、映画『隠された爪跡』（一九八三年）の黄ばんだパンフレット。

「ああ、その映画を、早くに葛飾の勝養寺(しょうようじ)で上映されたのを、観に行きましたっけ。そう、丸木夫妻の原爆の図を展示していたお寺です。あのときには先代のご住職、小林勝範氏が健在でいらした。」

巻末には「戦争への道を許さない下町の女たちの会」で一九八三年十一月二十七日に朗読した私の詩も載っていた。

そうだった、たしか私の拙い台本で関東大震災時の朝鮮人虐殺や在韓被爆者について朗読劇を、江戸川の公民館で上演したのだった。

今は故人となってしまった会の中心だった被爆者の銀林美恵子、医師の西村登喜子、そして、やはり故人となった在日韓国人の高福子（コポクチャ）もいて、その彼女から借りた深紅のチマ・チョゴリを、Mが着て出演したのだっけ、あれから三十五年も経ってしまったのだ、と呆然とする。

映画『隠された爪跡』は、小学校教師・絹田幸恵（きぬたゆきえ）のたった一人の調査、呼びかけによってはじめられた荒川河川敷の朝鮮人虐殺の遺体試掘をきっかけに、当時映画学校に通っていた呉充功らが一年越しに製作したもの。

「この絹田幸恵さんが、すばらしい方なので、ちょっと触れさせてください。

彼女は、足立区伊興（いこう）小学校の教師で、そもそものきっかけは、小学校四年で学ぶ『地域の歴史』を少しでも確かな資料で裏付けして教えたいと、荒川放水路流域を聞き書きして歩くうち、関東大震災時、たくさんの朝鮮人が殺され、その遺骨も捨てられたままだと知ったのですね。普通ならそこまでで終わるところを彼女は終わらなかった。

『殺された朝鮮人の遺骨を早く発掘し、その霊を慰め、真実を明らかにし、再び同様なことがないように消えない記録を残さねば』と思い立った絹田さん。

こつこつ一人で粘り強く聞き書きをはじめ、やがてそれは心ある人びとの共感を呼んで、ついに一九八二年十二月、「関東大震災時に虐殺された朝鮮人の遺骨を発掘し慰霊する会」が発足したのですね。

現在、荒川土手近くにある追悼碑の建立に力を尽くした西崎雅夫氏は、彼女について言っています。

『絹田さんをご存じの方は、皆その優しさを思い浮かべることと思います。先生が声を荒らげたのを聞いたことがありません。いつでも穏やかに語りかけるので、話が染み入っていくのだと思います。』

ええ、ほんとうにそうでした。数度お会いしたことがありますが、集会で挨拶をされるときでも、いつも含羞をふくんだ微笑を浮かべ、しずかに語られるのが心に残っています。真に強いひとというのは、絹田さんのような方をいうのでしょう。」

映画『隠された爪跡』の主人公は、曺仁承。一九〇二年生まれ。二十二歳のとき、大阪に行けば白いメシが食えるとの日本帰りの知人に聞き、翌年渡日。大阪、岐阜、柳島、須崎などを転々として働き、大震災時には大畑村（現押上付近）のバラックで土方仲間三人で過ごしていた。

震災時には三人で荒川土手へ避難、いったんバラックへ戻り、米と釜を持って旧四ツ木橋を渡った。ところが自警団に捕まって、再び旧四ツ木橋を渡り、寺島警察署に強制収容される。十五人ともに。

橋上には同胞の死体が山となっていた。橋のたもとでは、同胞の三名がたけりたった民衆に、虐殺されているのを目前で見た。

寺島警察署には約三百五十名の朝鮮人が収容されていたが、そこも安全ではなく、官民による襲撃と虐殺。曺仁承は、九死に一生を得たのだった。

「最近出版された西崎雅夫氏の労作『関東大震災朝鮮人虐殺の記録』にも、曺仁承さんの証言が載っていますね。

『警察の門脇には、血走った数百名の消防団がたむろしていて手に持った鳶口（とびぐち）や日本刀をふりかざして、私達を殺そうととびかかってきた。だがさすがに巡査等はそれをとめさせ、私達は署の中に入る事ができた。』

しかし、それで安全になったわけではない。眠っている間にも、ワーワーとひどい騒ぎ声が聞えてきて、また殺しにくるのかと恐怖でいっぱいになり、無我夢中で警察の塀に飛び乗るのですね。

彼は、こう証言しています。

『外には自警団の奴らが私を見つけて喊声（かんせい）を上げてとびかかってきた。私はそのまま警察の庭の方に落ちて助かった。私は外に出ることも出来ず、そのままそばの杉の木に登りかじりつくようにしていた。

三十分程して、私はそっと杉の木を降り、庭の中の方へ行ってみた。するとその時、私の目の中に入った光景は、巡査が刀を抜いて、同胞たちの身体を足で踏みつけたまま、突き刺し無惨にも虐殺しているのであった。只、警察の命令に従わず、逃げ出したからという事だけで。この時八人もの人が殺され、多数の人々が傷ついた。』」

凄まじい体験は、後遺症を残す。

曺仁承の妻・朴粉順（パクプンスン）は夫が二十年経っても、夜中に急に大きい声を出したり、うなったり暴れたりするので病気かとおもったが、震災の時の情況が夢に出てくるとわかったと語っている。

「日本人の証言もありますね。当時青年団役員だった岡村金三郎さんの証言。

『寺島警察署前でも胸を切られ、丸太棒で突かれて死んでいた朝鮮人がいた。五人か六人ね、首のないもの、手のないもの、朝鮮の人たちを皆殺しして、それでおっぽりだした。顔もなにもわかりゃしない。ひどいもんだなあと思って。警察もやったけど群集がやっちゃったんですよ。みんな先祖伝来の刀を持ってきて、「俺に切らせろ!」「我に切らせろ」とやったらしいんだ。』

ただ殺すだけではなく、嗜虐性が感じられるのが恐ろしい。これはほんの一例にすぎず、東京のほぼ全ての区で、のみならず神奈川、埼玉、栃木、群馬、千葉さまざまな地で、虐殺がなされたようですね。軍隊、警察、群集によって。」

「そう、馬込沢の馬込霊園の朝鮮人犠牲者の碑を訪ねたことがあります。

朝鮮総連千葉支部が建立したものですが、本来習志野に連行するつもりで、騎兵隊が後ろ手に針金でくくった朝鮮人を数珠つなぎにして行進してきて、そこで迎えた警官隊に渡し、習志野収容所へ連行する予定だったのです。ところが、とび口、日本刀を持って殺気だった五百人ほどの自警団に囲まれ、騎兵隊は、彼らに引き渡して姿を消してしまい、大虐殺が始まったといいます。

戒厳司令部は、習志野に朝鮮人・中国人を『保護』するため『習志野支鮮人収容所』を開設していたのですね。

習志野の騎兵連隊は、九月二日早朝には飛行機からの投函伝達で戒厳出動命令を受け、戦時武装、そう、糧食や実弾、馬の糧や蹄鉄までととのえて、『敵は帝都にあり』と東京に疾風のように駆けつけており、虐殺事件に大きく関わっていました。

当時、一兵卒だった作家、越中谷利一は記していますね。

『連隊は行動の手始めとして先づ列車改め、というのをやった。将校は抜剣して列車の内外を調べ廻った。どの列車も超満員で、機関車につまれてある石炭の上まで蝿のように群がりたかっていたが、その中にまじっている朝鮮人はみなひきずり下ろされた。そして直ちに白刃と銃剣の下に次々と倒れていった。日本人避難民の中からは嵐のように沸き起る万才歓呼の声！　國賊！　朝鮮人はみな殺しにしろ！　ぼくたちの連隊はこれを劈頭の血祭りにして、その日の夕方から夜にかけて本格的な朝鮮人狩りをやり出した。』

このような軍隊が、朝鮮人を『保護』するといっても、後ろ手にしばり、数珠つなぎにして追い立てて行くのですから。元々デマで殺気だっている自警団は騒ぐわけで。

騎兵隊の側は実弾を持っているのだから、彼らを鎮圧はできたはず。しかし、代わりに殺ってくれるなら願ってもない幸いだ、とばかりに姿を消したのではなかったか。

凄まじい状況を、船橋警察署の渡辺良雄さんは証言していますよ。
『調べてみると、女3人を含め、53人が殺され、山のようになっていた。人間が殺される時は、一カ所に寄り添うものであると思い、涙が出てしかたがなかった』と。」

オサヒトと話しているうちに、一九八九年九月九日、千葉県八千代市高津観音寺裏手の朝鮮人虐殺現場「なぎの原」、並びにそこに連行される前、イチョウの木に縛り付けておかれた観音寺境内での慰霊祭（「千葉県における関東大震災と朝鮮人犠牲者追悼調査実行委員会」主催）が行われ、高福子、同伴者の畠山繁とともに参加したことがあったのも思いだされてきた。

「あなたに言われて『いわれなく殺された人びと』の著書を読みましたよ。

なんと習志野収容所に連行された朝鮮人を、軍が近隣の村に払下げ、殺害させたというではありませんか。
高津在住の住民が、当時、書いていた日記を、習志野市立第四中学校郷土クラブの生徒たちに教えてくれたのですね。」

淡々と記された日記には、次のような文があった。

「大正十二年九月

三日　夜になり、東京大火不逞鮮人の暴動警戒を要する趣、役場より通知有り。在郷軍人団青年団やる。

七日　午后四時頃、バラックから鮮人を呉れるから取りに来いと知らせが有ったとて、急に集合させ、主望者に受取りに行って貰ふことにした。

夜中に鮮人十五人貰ひ各区に配当し（中略）と共同して三人引受、お寺の庭に置き番をして居る。

八日　又鮮人を貰ひに行く九時頃に至り二人貰って来る。都合五人（中略）へ穴を掘り座せて首を切る事に決定。（中略）穴の中に入れて埋めて仕舞ふ。皆疲れたらしく皆其処此処に寝て居る。夜になると又各持場の警戒線に付く。

九日　夜又全部出動十二時過ぎ又鮮人一人貰って来たと知らせ有る。之は直に前の側に穴を掘って有るので連れて行って提灯の明かりで切る。（中略）」（傍点は引用者）

日記に「各区に配当し」とあるのは、高津、大和田新田、萱田で、純農村地帯であった。

隣接する習志野軍隊とは、演習地の草を刈って軍馬の飼料に買い上げてもらったり、軍の残飯を払下げてもらったりしてつながりは深かったらしい。

その軍から「呉れ（てや）るから取りに来い」と言われれば断れなかったろうし、「呉れ（てや）る」の意味は「お前らで始末しろ」であったろう。なぜ、軍がそのようなことをする必要があったのかは不明だ。

ただ、収容所内でも中国人・朝鮮人への殺害は行われていたとの証言はある。たとえば、騎兵第十四連隊に勤務していた会沢泰の証言。

「大震災にあった人たちを習志野の東廠舎、西廠舎へ連れてきて、みんな収容したんです。ところが朝鮮人がどれで日本人がどれかわからないでしょう。言葉はみんな日本語だしねぇ。顔つきがこう朝鮮人みたいな顔をしてるのはみんな、日本人でもやられちゃったんじゃないですか。救護する目的で連れてきたんですけれども、朝鮮人が暴動起こしそうだちゅんで、朝鮮人をひっぱり出せということで、ひっぱってきたんですねぇ。私の聯隊の中でも16人営倉に入れた。それが4個聯隊あるんですから。

おかしいようなのは、みんな聯隊にひっぱり出してきては調査したんです。ねぇ、軍隊の中で……そしておかしい様なのを……ほら、よくいうでしょう。……切っちゃったんです。（中略）切ったところは大久保の公民館の裏の墓地でした。そこへひっぱっていってそこで切ったんです。

私は切りません。……30人ぐらいいたでしょうね。ところが、私の聯隊ばかりじゃない。他の聯隊もみんなやる。いきなりではなく、（連隊の中で）ある程度調べてね。何しとったんだか、どこにいたんだかを。」

「保護」と言いつつ、憲兵のスパイを入れ、収容者をえり分けて連れ出し、殺していたのだ。

ところが六日には、戒厳司令部からやみくもな殺害をやめるようにとの「注意」が出たため、具合が悪い。そこで、軍での殺害事実を隠ぺいし、村人たちに責任を押しつけるために、下げ渡し、殺させたと思える。

元来は、朝鮮人といえば、純朴な飴売りにしか会ったことがない農民たちだったのだ。

郷土クラブの生徒たちは、なまなましい目撃者の証言を聞き取っている。

当時、小学二年生だった男性の証言。

「それこそ伝家の宝刀を持ちだしてさ、猟銃で撃ったりね。手も足もしばってやったんだから、かわいそうだったね。船橋のマツシマという所に土木工事に来てたんだって、何度も言ってたが、もう殺気立ってて、きき入れなかった。

一人やるとき、一人見せて、哀号(アイゴー)、哀号って泣いたぞって。」

当時、小学三年生だった阿部コウの証言は長い。その一部を記すと「女たちが、自分らは見てないんだから、おやじさんのしゃべるのを聞いて、どこの家のおやじがやったそうだ、……と。一刀のもとにすぱっとやったなら苦労させないで死んだかもしれないけど、下手な刀で下手にやったから死ねないで苦労したという話は聞いた。そこの場所でやって、そこの場所に穴掘っておいて、まあ、埋めるときは百姓のおやじさんたちも砂くらいはかけたじゃないかねえ、箱にも何も入れないで埋めたという話だ」。

元は入会地であったという「なぎの原」の殺害現場。周囲はびっしり住宅が建っていて、そこだけ草繁る空地になっており、大きな一本の樹木に立てかけて、「大施餓鬼会為関東大震災外国人犠牲者諸精霊位」などと記した卒塔婆(そとば)が数本、角塔婆(かくとうば)がしっかり立っている。

六歳のとき、手を後ろ手にしばられて連れていかれるのを見たひとが、供養の塔婆を上げてきたのだそうだ。

そして、一九七九年夏には、観音寺住職・関光禅師による塔婆が上げられ、一九八二年に至って、朝鮮人犠牲者追悼調査実行委員会の働きかけにより、ようやく大供養が営まれ、立派な角塔婆が立てられた。

共に行った高福子は、同胞が無惨に殺されていった現場でどんな思いであったことか。

「その気持ちを、卞記子(ピョンキジャ)さんが詩にしていますね。あ、ちょっと読むのをやめて読んでくれる？」

お姉さん、朗読うまいから読んでよ、男の子がせっつく。女の子も甘えたように少女をつつく。

千葉なぎの原で

教えて下さい
わたしのあげた　この足を
どこへおろしたらいいのでしょうか

教えて下さい
あの花畑の水をかえたいのですが

教えて下さい
教えて下さい
どこを歩けばいいのでしょうか

教えて下さい
65年前
朝鮮人を殺し　埋めた場所を

あなたは
忘れていないはずです　そのことを
忘れられないはずです　その事実を
あなたが人間(ひと)であるならば

「一九九八年、粘り強く掘り起しを行ってきた有志の人びと（高津区民、観音寺、追悼調査委員会）によって、六体の遺骨がついに掘り起こされ、慰霊祭が行われていますね。

観音寺には、はるばる韓国の人びとから贈られた、みごとな『普化鐘楼(ふけしょうろう)』と『関東大震災朝鮮人犠牲者慰霊詩塔』が建ち、慰霊祭時には深い音色の鐘が鳴らされ、在日韓国人女性が供養の舞を舞われることもあったと聞いています。」

現在、大和田新田には、「無縁仏の墓」（一九七二年建立）、萱田には「至心供養塔」（長福寺・一九八三年建立）、「無縁供養塔」（中台墓地・一九九五年建立）が住民によって建てられている。中台墓地の碑に遺骨は入っていないが、特別の想いを持つ八木ヶ谷妙子によって、墓地の土が韓国・馬山の丘に届けられ供養された。

目撃――八木ヶ谷妙子さんに

石川逸子

小学四年生だった　少女が
下校時に見てしまった　出来事

男たちが　ぐるりと
一人の男を　囲んでいた

「このチョウセンジン！」
男たちは　たけだけしく叫び　小突き蹴飛ばしたりしている

囲まれている男は　半袖のメリヤス姿
必死に　何かあらがっていた

やがて男たちは　彼を引っ立て
共同墓地がある丘へと　上がって行った

怖いものみたさ
そっと後をつけた　少女

墓地には　大きな穴が掘ってあった
男は　目隠しされ　松の木に結わえられる

男たちの　手のなかで
銃が光るのを　少女は　見た

「ああ！　このひとは殺される！」

泣きながら

坂道を駆け下っていった　少女
以後　メリヤス姿の男は
胸のなかに住みついて　出ていかないまま
「あのひとの名は？　あのひとが言いたかったことは？」

関東大震災から七十年
かつての少女は　語りはじめ
以後　語りつづけてやまず

韓国・馬山の西　美しい丘に　虐殺現場の土を埋め
せめて魂だけでも　と　その帰還を祈ったのだ

習志野の収容所に収容されたのは、朝鮮人約三千二百人、中国人約六百人。そのひとたちも無事ではなかったのだった。

「あなたの所にある『関東大震災と朝鮮人』という本を見たのですが、朝鮮人の留学生たち十人ほどが十一月、官憲の目を逃れるために慰問団という体裁で、遺族や殺害地などを訪ね、調査していますね。

その一人、李鉄氏はこう記しています。

『突如、地震が起きたのは、九月一日正午頃であった。一瞬、東京は阿修羅と化し、あらゆる交通機関は破壊され通信は途絶された。幸ひにしてこの天災より生命を助かった人びとも、右往左往路頭にさまよひ逃げまどひ乍ら自分の生命を守ることで精一杯であった。

こういふ時に当ってどこからともなく「朝鮮人が井戸へ毒を投げ込んだ」とか、或は「暴行略奪をする」とかいふやうな根も葉もない流言が飛んできた。すると其の日の晩にはもう「朝鮮人を殺せ」といふ指令が出てゐて、あちこちで盛んに殺してゐるといふことであった。

この指令を下した張本人は加藤内閣の内務大臣水野錬太郎であった。彼はこの指令を日本全国に下したので、朝鮮人が殺されたのは単に東京地方ばかりでなく、横浜、埼玉、千葉を始め其他各地至る所で無数に殺されたのである。（略）……同僚十人ばかりで調査会を作ったが、警察当局が絶対にこれを許さなかったので、仕方なく慰問団といふものを作って、方々の遺家族を訪問し、傍ら惨殺された死体や、あちこち散らばってゐる骸骨や或は墓——墓などとは云ふもの、多数の死体を一緒にして死体丸出しのまま埋めてあるのが幾つもあった——など詣で乍らいろんなところを見聞したが、その惨状たるやどうして一々語ることが出来やうか。

一例を揚げれば埼玉県本庄といふところでは、警察の演武場に集めてあった朝鮮同胞約三百人を地元の民衆が押しかけて来て、棍棒、竹槍、刀などをもって手当り次第これを残忍極まる方法で鏖殺したのである。我々慰問団が当地を訪れたのは多分十一月頃だと思ふが、その死体を埋めてある墓地に行って見たところ、墓といふのは名ばかりであって碌に埋めてあるわけでもなく、たゞ雨風にさらされて死骸が方々に転がり散らばってゐて、その付近に野良犬だけがあちこちうろついてゐる始末であった。

この外にも虐殺の最も酷かったのは本所の錦糸堀、亀戸、それから渋谷、横浜、千葉の野田などであった。

我々は慰問活動をしてゐる傍ら、我が同胞の被殺者をも調べてみたが、それによると六千余名も殺されてゐることがわかった。（後略）』

本庄のことが記されていますが、ここでは東京からトラックに載せられやってきて、本庄警察署に一時置こうとした朝鮮人たちを、大群衆が押し寄せ、思いのままに殺戮、止めようとした警察官まで殺されかかり、鎮めるのに軍隊が出動したという一大事件があったようですね。

警察に刃向ったということで、加害者らは殺人犯ではなく、騒擾罪として起訴され、おおかたが執行猶予、犯人たちは論功行賞にあずかると思いこんでいたようです。」

「発端は、当時の河北新報（1923・10・20）によれば、埼玉県が管下の各市町村に、『極秘急』という判子を押した『激烈な通牒』を発していたからではないでしょうか。

それまで逃れてきた被災者たちに救援の炊き出しなどしていた民衆が、この情報を信じ、ナニ、朝鮮人が井戸に毒を投げ、あちこちに放火しているから注意せよだと。この大変な時期に太い奴らだ、と憤激、大群衆となって署に押しかけ、朝鮮人を残虐なやり口で殺戮しまくったのでした。」

「元本庄警察署の新井巡査の貴重な証言があります。

九月四日、保護していた朝鮮人を三台のトラックに乗せ、群馬県藤岡署に移送しようとしたが、断られ、また署にもどってきたところを群集に襲われるのですね。

長野県の県会議員の息子で教育もあるAという男が、新井巡査を指して『あいつは朝鮮人の偽巡査だ。あいつからやっちまえ』と煽（あお）ったのを皮切りに、ドッと群集が押し寄せ、新井巡査は一瞬早く車を降り、避難します。

それからの惨劇。新井巡査は、何百人という群集が暴れ回っているのを一人二人の巡査では到底止められなかったと言い、『惨劇の模様はとても口では表せない。日本人の残虐さを思い知らされたような気がした』『こういうのを見せられるならいっそ死にたい』と思ったほどだとも述べています。」

「子どもまでが容赦なく血祭りにあげられていったというではありませんか。」

「はい、新井巡査はこう証言していますよ。

『子ども沢山いたが、子どもたちは並べられ、親の見ている前で首をはねられ、その後、親たちをはりつけにしていた。生きている朝鮮人の腕をのこぎりで引いている奴もいた。それも途中までやっちゃあ、今度は他の朝鮮人をやるという状態で、その残酷さは見るに耐えなかった。後で、おばあさんと娘が来て、自分の息子は東京でこのやつらの為に殺されたと言って、死体の目玉を出刃包丁でくり抜いているのも見た。』

警察署構内は血でいっぱい、翌日は長靴でなければ歩けなかったほどだったとか。

さらに演舞場に、四十三人朝鮮人を置いていたのも見つかり、群集は押しかけ、ことごとく殺してしまいました。

結局、八十六名ものなんの罪もない朝鮮人が虐殺されてしまいました。たまたま東京へ向かう軍隊が出動、事件はおさまりましたが、人びとはお褒めにあずかれると思っており、新井巡査に、『普段は剣を吊って子どもたちを脅かしたりするくせに、国家緊急の時には人一人殺せない、俺たちなど、平素溜め担ぎをやっていても、十六人も殺したぞ』となどと嘲笑したそうですから。」

「新井巡査は裁判時、証人として出廷していますね。」

「現場にいた彼に、検事は、凶行の様子など全く聞かなかったといいます。

安藤という刑事部長からは、『本当のことを言うな、犯人は朝鮮人半分、日本人半分というように言え』と命じられ、その通り証言したそうです。」

「本庄には、今、本庄駅から歩いて二十分くらいの長峰墓地に慰霊碑があるようですね。

事件の翌年一九二四年九月に、泰平社演芸部と本庄記者団が、「鮮人の碑」を立てましたが、戦後、在日朝鮮人たちからその差別的表現に納得できないとの声が上がり、日朝の有志が本庄市の協力も得て、新たな碑『慰霊碑』を立てたとのこと。

以後、毎年九月一日に、追悼碑の前で『無縁墓地法要』が本庄市主催で行われ、過ちは二度と繰り返さないと誓っているそうです。」

「え？　なんで朝鮮人虐殺が、無縁墓地法要となるのですか？」

「一九六三年九月発行の本庄中学校社会科学部発行の『郷土』第二号に二人の女生徒の調査記録『関東震災騒擾事件について』が掲載されたところ、そこに町の有力者の氏名が虐殺事件の被告として記載されていたため、クラブ顧問は校長から叱責され、その被告氏名は黒々と墨で抹消されました。

各地の朝鮮人虐殺慰霊碑を調査している山田昭次立教大名誉教授は、自治体の協力を得ていることで、在日朝鮮人も本心をおさえ、こうした地元の感情に配慮せざるを得なかったろうと分析、慰霊碑の裏面の文言も、『虐殺におもむかせた最大の責任主体である国家について書かせなかった原因』であろうと推察しています。」

「そういえば、あなたが住んでいる、この地域でも虐殺が行われたと聞きましたが。」

「はい、当時は葛飾区奥戸村ですが、中川に沿った旧奥戸橋でも、逃れてきて橋を渡ろうとする避難民のなかから朝鮮人を見つけ出し捕まえ、やってきた軍隊による惨殺が行われたそうです。

そのことは、一九七三年、奥戸中学校文芸部の生徒たちが田原房子先生の指導のもとに聞き書きし、劇にして文化祭で発表していたことでわかったのですが。」

「ほう、どんな内容ですか。知りたいです。」

「旧奥戸橋はすっかり変わってしまい、そのときの面影は全く残していません。

私がこの地に来たときにはまだ、川べりにはポンポン船が泊まっていて、水上生活をしていました。

夕暮れには空と川が赤紫に染まり、郷愁あふれる風景でした。

田原先生から脚本を頂き、えっ、この橋の袂でそんなことがあったのかと驚きました。真摯な聞き書きにも敬意をもちました。『ヒロシマ・ナガサキを考える』誌に掲載しただけで、あまり知られていない事件なのでここで紹介しておきましょうか。」

ドキュメント　地震と人間
―奥戸編―

奥戸中学校文芸部
指導・田原房子

だれもが、平和な日々を、この小さな奥戸という町で過ごしています。

かつて、この町でおこった血なまぐさい出来事などは、まるで別世界のことのようです。

当時、このあたりは、東京府南葛飾郡奥戸村大字奥戸新田といい、農家を中心とした九十七戸のひっそりとした村でした。

農家では、米を主とし、麦、豆、綿などを作って生活をたてていました。この奥戸村のまわりは、水田、畑などでおおわれ、ハンノキがたくさん植えられており、一面緑で包まれ、田園風景が美しく、家からは、小岩駅が見え、「小岩〜小岩〜」という駅長さんの声がきこえたくらいでした。このように奥戸村は静かな村でした。

大正十二年（一九二三年）その年の夏は、稲の根が見えるほど地われのした日照り続きでした。九月一日、朝から蒸し暑く、十時頃になるとたたきつけるようなひどい雨が降りだしました。そしてまもなくそれも止み、青い空が顔を出してからりと晴れたよい天気になりました。この時、この平和を一瞬にしてくずしてしまうものがこようとは誰ひとり思うはずもありませんでした。

地震がおきたのは、ちょうどお昼時でした。その当時、村の人たちは、朝はまだ暗いうちから、神田や千住の市場へ野菜を売りに行っていましたから、帰ってきてやっと食事の支度をしている人もいました。畑で働いていた人、食事をしていた人、さまざまでした。

十一時五十八分四十四秒、突如として大きな地震が人々を襲いました。ドーンと突きあげてくるような地震でした。地面がひっくりかえるのではないかと思われるほどの衝撃、はげしいゆれかたのため、井戸の水も、用水路の水も、あふれるほどでした。もう立っていられませんでした。食事をしていた人は、茶わんを投げ出し、ある人はよつんばいになり、ある人は必死に木や草などにつかまっていました。はげしいゆれかたは、しばらく続きました。地震のおきたあとの地面には、爪でひっかいた跡がまるでその時のようすを物語るかのように残っていたといいます。

この辺は、奥戸小学校の前のあたりが、村では一番被害がひどく巾一メートルぐらいの短い地われがして、それから砂をふくんだ水が吹き出たということですが、それ以外は幸いにたいした被害はなく、壁がゆがんだり戸にすきまがあいたりする程度で、古い家でも壁が落ちたという被害ですみました。しかし地震のあとの家は、ススで真っ黒になっていたり、壁などが落ちていたりしたため、家の中には入れないというありさまでした。

夕方になると、西の空と太陽は、不気味なほど紅色に染まりました。それは、両国、浅草、本所、深川方面の倒れた家から出た火事のためでした。その火事の前風にのって空から、着物や帯、木炭、おかねなどのいろいろなものが畑や稲田におちて飛んできたため、村人たちを驚かせました。なかには一枚トタンやタンスの引き出しなどがあったということです。その火事は、三日三晩続きました。夜もたびたび余震がおきるため、畑などに避難した人々はそこに板や竹、雨戸などをしき、その上にむしろをしき、かやを釣って寝ました。

翌日になると、都心の人々がどんどんこっちの方へ避難してきました。そこで怪我人は医院や寺へ、怪我のない人は千葉県へ向かうようにと村人達は導きました。食料は、千葉県からの見舞で間に合いました。村の何人かの人は、役場のそばに釜を作って送られてきた米をたきました。地震のため、報道機関が利用できなくなってしまったので、奥戸の人達がこの地震がのちにいう関東大震災だということを知ったのは、二、三日たってからでした。

しかし、老人たちは、そのおそろしさが、そのことだけではなかったと話を続けます。私達も、この先をもう少し話を続けなくてはなりません。二日目ごろから、奥戸橋では、津波がくるという流言にまじって、「朝鮮人が橋に爆弾をしかけた」「朝鮮人が井戸に毒を入れた」「朝鮮人が暴行をおかした」そういうウワサが伝えられてきました。これは、奥戸橋だけでなく、東京・横浜・川崎などでも「朝鮮人が放火した」のウワサとともにほぼ同じようなウワサが一日の夕方から流れ、二日の午後には、東京全体に、このウワサが広まりました。各地での流言は、だんだんに尾ひれをつけながら、たちまちのうちに全国に広まっていったのです。

こんなに多くの朝鮮人が日本に移り住みはじめたのは、一九一〇年に、日本が朝鮮を植民地としてからでした。これを「日韓併合」と名付け、日本人は朝鮮で、現地の人達の土地を奪うことを始めたのです。その手段として、日本は約八年の間に、調査事業を実施しました。

調査事業というのは、公有地のほか、耕す人がいても持ち主がはっきりしない土地は、期限までに申し出をしなかった朝鮮農民の土地を取り上げるというものです。

そのため、多くの人が、土地を失い、生活の苦しさにたえられず、日本に仕事をさがしにきたのです。また、一九三九年以降、日本政府は、戦争で不足した日本国内労働者をおぎなうため、朝鮮人を強制的に日本に連れてくる、労務動員を実施しました。私達が北海道から沖縄まで行く時、朝鮮人の作った橋を渡らずに行くことはできないといわれるのも、このためなのです。

そして一九四四年からは、朝鮮人を兵隊としても取るようにしたのです。日本にきてからも彼らは貧しくなるばかりでした。何かにつけて日本人は、朝鮮人を差別し、同じ仕事でも朝鮮人には安い賃金しか与えませんでした。

「朝鮮人暴動」の流言が広がると、警察で手が回らなくなり、自分達の地区は自分達で守るということで、青年団、在郷軍人会、消防組他を中心に自警団が作られました。男達は、家の床の間にある刀や、竹ヤリ、こん棒をもって、奥戸橋のところに検問所を作り、そこで若い人たちが番をし、家からは弁当が運ばれました。

奥戸橋は、当時、中川を渡る交通のかなめとして、重要な役割をはたしていました。新中川放水路もむろんなく、高砂橋、本奥戸橋もなく、上には中川橋、下には上平井橋があるだけでしたから、舟のほかは、奥戸いったいがこの橋を渡らなければならなかったのです。

奥戸橋は、まだ板橋で、地震のため大きく波打ちし、人だけはかろうじて渡れる状態でした。おちくぼんだ橋を渡ってくるとき、こちらから一度見えなくなるほどの、こわれかたでした。一日の夕方になると、都心の焼け出された人達は、この橋を渡って、千葉の方に向かって、ぞろぞろと歩いていったのです。

奥戸橋の検問所では、避難民や他の人に「さしすせそ」「15円50銭」「いろは」など言わせて言葉が不明瞭だったり、また顔つきが朝鮮人らしいとか背が高い人も、捕まえました。畑や溝も探して回りました。「天祖神社」付近、そしてその近くの蓮のかげに朝鮮人がかくれているのではないかというので、蓮の葉を首から切り落しました。奥戸では見つからなかったと言われますが、市川の方では蓮田（はすだ）で見つけられ、その場で殺された、ということを聞いた人もありました。捕えた朝鮮人達は、橋の所に設けられた番小屋に入れられました。

それから二日、「戒厳令」が敷かれると、馬に乗った兵隊を先頭に水元の方から、手をしばられた多くの朝鮮人が土手を通って浦安の方へ連れていかれる光景もありました。こうして連れていかれる朝鮮人はとてもおとなしく「悪いことはしません。悪いことはしません」と言っていました。十五、六の少年や少女は泣いていました。

近所の人の話

おじいさんは、「朝鮮人も、もっから（向こうから）もいっしょに来るわけだよ。ひなん民でネ、それを奥戸橋で五、六人つかまえて、橋の番小屋のネ、そこのところへつなつけて入れといたんだよ。

青年会役員で朝鮮人をつかまえてみんな入れてしまう。かわいそうなようだけど。それを朝になって、戒厳令がしかれたら、朝鮮人を橋の上でころしてしまう。剣付でネ。誰が殺すかというと、兵隊さん、国府台の兵隊さん、まあ新兵だな。上等兵が来て、いっしょに来て、ヤリで橋の上からつきおとして、ヘイヘイヘエーッ、ズブリズブリネ、あのさ、それもまあ、見てた。」

「川に落ちた体は、血をふき出し、その流れ出した血は、水の中を尾を引いて流れていきました。五十メートルも行くと、死体は沈んで行くのでした。」と、おじいさん、おばあさんは語ってくれました。また血まみれになりながらも、川の中に逃げ込んだ人さえも、やっとの思いで岸にたどりついた時には、兵隊に止めをさされるのでした。

それから二、三日してからも、川には死体がうかんでいました。それを見た子供達は、きみ悪がって竹の棒などで、つついていました。

もちろん奥戸だけにこんなことがおきたのではありません。四ツ木橋と上平井橋の中土手に、百人をこす朝鮮人を立ち並べ、反抗しないように縄でしばって、朝鮮人を中心に左右から軍隊がはさみ撃ちで射殺しました。それから橋の上には、顔を切られた朝鮮人が一週間ぐらい、ころがったままにされた事がありました。

また、市川の「はつどう橋」で、朝鮮人の死体を朝鮮人十人ずつにまとめて、ガソリンをかけて焼いてしまったといわれます。

また、てつ原（場所不明）では日本兵が鉄砲の台尻で、朝鮮人の少年の、頭がい骨を打ちくだいたり、妊婦の腹に剣を突き刺したりしました。

殺害された人々の数は、内務省の発表によると、朝鮮人七百三十一人、中国人三人、日本人五十九人とありますが、実際はそれの十数倍になると思われます。朝鮮人慰問班が十月末に調査した数によると、朝鮮人二千六百十三人にのぼるといわれます。そして行方不明の中国人は約百七十人で、また、これは関東地区のみの数であり、東北地方、関東地方も入れれば殺された朝鮮人は、六千数百人になるであろう、といわれています。こうして、自然的事件は社会的事件へと発展してしまいました。

九月六日、警察当局はやっと、朝鮮人が集団をなして暴動した、というのは全くのデマで、朝鮮人の大部分は善良なものであるから、みだりに迫害するな、と命令しました。朝鮮人殺害がやんだのは、九月七日ごろでした。

最後の恐怖が過ぎ去ったあとに
地割れのあと
人々の乱れた心
こんな時人間はどうすればよいのだろう。
何を信じればいいのだろう。
男たちの手には刀やヤリがひかり
軍人の目が血走っている。

地震が起きたということで、日本人はこれほどひどい事件をおこし、朝鮮人の命を消していったのです。

今でも、中学生のなかでさえ、朝鮮人と聞くと、軽蔑の目を向ける人がいます。私達は今日まで、奥戸の家々を回っておじいさん、おばあさんの色々な話を聞きました。そして、そのうちに、心の中に、はっきりした陰のようなものが残ってきました。

――私たちは同じことをくりかえさないだろうかと。私たちは取材しながら、本当にこのことが怖かったのです。今も、私たちは、考え続けています。そして、ともかくこの出来事を、みなさんに伝えたかったのです。

これで、私たちの話を、おわります。

（文化祭ではスライド使用）

なお、同じく奥戸中教師であった洲浜昌弘は、演劇鑑賞教室に生徒を連れて行くため、旧奥戸橋を渡ったとき、一人の男子に「先生、関東大震災のとき、この橋に朝鮮人を並べて、首を斬ったんだって、うちのお婆ちゃんが言っていたよ」と話しかけられる。

そこで、同中の教師であった地元のS寺の住職にこの件を尋ねると、以下の話をしてくれた。

当時は、河川改修や新小岩＝金町貨物線工事で働く朝鮮人たちの飯場やスラムが地域に点在していた。そこから引き立てられた朝鮮人たちが、奥戸橋に引き据えられ、首を斬られた。

男の傷口から噴きだす血を抑えようと、ぼろ布を押しあてる女性ともども、中川に蹴落とされた。近くの蓮田に逃げ、泥にもぐりこんだ男を引きずり出して殺し、中川に放りこんだ。現場の写真もあるとのことだったので、洲浜が、見たいと言うと、どこかに持ち出して問題にするのではと警戒され、そのままになってしまった。

お婆ちゃんの話から始まったのだから、そのお婆ちゃんに直(じか)に会って聞けばよかったと、それが痛恨事と洲浜は述べている。

『葛飾区史』には、たしかにその頃、貨物線工事が行われており、奥戸橋での惨劇は、おそらく避難民だけでなく、工事現場の朝鮮人にもなされたのであろう。

素朴な村で、なぜ惨劇が起きたのか。

「『奥戸村誌』を見ると、奥戸橋開通の翌年（一九一四年）、村では大正天皇即位記念に、桜の木千二百本を中川堤防に植えようと発案し、東京府知事の許可を得て、植樹がされています。

新天皇の即位式は、十一月十日ですが、十月には彼の『御真影』が村に届いています。

『この日、村長及校長同道、南葛飾郡役所に至り、其伝達を受け、本村役場吏員学校職員、名誉職員、在郷軍人分会、青年会の諸員は、此を村境にて奉迎し、直ちに奥戸尋常高等小学校内に奉置し、此が奉戴式を挙行せり。』とあります。」

「たかが写真が、そんなものものしいことになっていましたか。」

「即位式には、奥戸小学校に式場を設け、総理大臣が紫宸殿(ししんでん)で万歳をとなえるのと同時刻に、村長の音頭で三度、万歳を唱え、また皇室から村内長寿者二十五名に、下賜（かし）された杯と酒饌料（しゅせん）の伝達式も行われていますね。

そして、奥戸小学校、上平井小学校、二つの児童は、奉祝旗をそれぞれかざして一か所に整列、粛々として村内の各神社を巡行、午後一時に奥戸小学校に集まって、校長の訓話を静聴し、式場に参列して、万歳を三唱しています。

もとは、徴兵令が出た（一八七二年）ころには、村の人びとは兵役を喜ばず、いやがり、忌避するものもいたのでした。軍隊は苛酷な扱いをするので、苦役に耐えないとのウワサが村には蔓延していたのです。」

「全国で徴兵一揆が燃えさかっていたころですね。奥戸村でも一揆まではいかずとも、徴兵をいやがる空気が一般だったわけですか。」

「ところが、日清戦争、日露戦争と続くなかで、村には好戦の機運が高まっていったようです。日清戦争では、十四名が従軍、無事に帰還、日露戦争では九十七名が従軍、七名が戦死、戦病死しています。

村では帰還兵の慰労や戦死者への弔意をあつかう兵事義会を発足させ、その肝いりで奥戸小学校にでっかい戦勝記念碑が建てられます。

そして、陸軍大臣から、日露戦争時の戦利品が小学校に配られました。ええ、銃、剣、軍刀、薬きょうなどですね。

七名のうち、荒井助太郎さんはわずか享年二十一。第七師団歩兵第二十五連隊に入隊。清国での攻撃で重傷、野戦病院で亡くなっています。

牧野藤松さんは享年二十二。第一師団歩兵第三連隊補充部隊に配属され、旅順開城後、奉天付近の激戦に参加、頭部貫通銃創を受け、亡くなりました。

森田常太郎さんは享年三十。近衛歩兵第一連隊に入隊し、常陸丸に乗りこみ、玄界灘で敵艦の攻撃を受け、戦死。輜重輸卒でした。

同じく輜重輸卒だった井口秋太郎さんは、清国の鉄嶺で発病、奉天東陸軍病院に入院するも、死去。享年二十八でした。

いずれも働き盛りの若者たち。家族の嘆きはいかばかりであったか、でも恐らく『名誉の戦死』といわれ、人前で悲しむこともできなかったのではなかったでしょうか。

関東大震災が起きたのは、それから十八年後。

無事に帰還した元兵士たちで作られた在郷軍人会。もう中国人・朝鮮人への差別感にはげしく染まっているでしょう。小学校で皇国教育を受けた子どもたちも、青年になっています。このものたちが中心となって、朝鮮人狩りを行ったのではないでしょうか。

大震災時に虐殺された朝鮮人は、六千人余。だが、その姓名もおおかた不詳のままです。」

「最大の責任主体は、国家。山田教授はそう言っています。

たしかに、どうしてそれだけ残忍で嗜虐的な殺人を一般民衆が行うにいたったのか、国が、からまないと解せませんね。本庄の人びとにしても、公共機関が流した情報だから、一切疑わず、信じたわけでしょう。また、信じたとしても、それだけの非道な行為をあっさりと行えたのはなぜか、ふしぎでなりません。

わたしの時代にも、尊王攘夷連中が、次第に陰惨な殺人を犯すようになり、わたしは憤慨したものですが、あのときは攘夷派の武士たちであって、庶民は関わりなかったとおもいますよ。

近代になってなぜ、そのような大虐殺が行われてしまったのか、考えれば考えるほど不可解です。

現在、そのへんはどう分析調査されているのでしょうか。」

「この事件についての研究の第一人者はなんといっても、滋賀県立大学名誉教授・姜徳相(カンドクサン)氏と立教大学名誉教授・山田昭次氏だとおもいます。

二人とも、さまざまな著書を書いておられますが、そのなかから回答が得られそうです。」

なるほどと、オサヒトが身を乗り出してきたので、私より知らなさそうだと思い、やや先生ぶって、両教授の研究をたよりにまとめてみる。

なぜ、大虐殺はなされたのか

震災時の内閣は、加藤友三郎(かとうともさぶろう)首相が八月二十八日死去したことで、後継首相には海軍大将山本権兵衛(やまもとごんべえ)に「大命」が下っていた。しかし、新内閣はまだ成立しておらず、宮中席次第二位で加藤内閣の外務大臣であった内田康哉(うちだこうさい)が、臨時首相代理として、震災対策の全指揮をとり、同じく加藤内閣で内務大臣であった水野錬太郎と後藤文夫(ごとうふみお)内務省警保局長、赤池濃(あかいけあつし)警視総監三名が直接の責任者となる。

震災が起きて内田、水野らが第一に行ったのは、大正天皇ヨシヒトと摂政ヒロヒトの安否。水野は、まず自邸に置いてあるフロックコートを取り寄せてから、参内している。

警備・救護の直接責任者であった赤池濃警視総監も、同じ行動を取る。姜徳相が、著書『関東大震災』で記しているように、赤池は「これは容易ならぬ」と思うや否や、先ず「陛下の玉体は如何にと憂慮し」て「舟のように揺れる室内で制服を着け」、「宮中に馳せ参じて」ヨシヒトと摂政ヒロヒトの〝安泰〟を確認する。次には、大災害が「不詳の事変」を生ずるに至るべきか憂えた。

「不詳の事変」とは、なにか。

さらでも第一次大戦後の経済恐慌を、民衆への犠牲によって乗り切ろうとしている政府とすれば、大災害を契機に米騒動のような暴動が起こることを恐れていたろう。

さらに、3・1独立運動への激烈な弾圧のあとは、朝鮮国内では地下組織が作られ、西・北間島、南北満州、ロシア領では、武装独立軍が、日本軍と激しく交戦する情況が続いている。日本軍はこれに対して、独立軍の根拠地を攻撃、一般住民であろうと容赦ない殺戮を行う。

3・1独立運動の章で記したように、一九二〇年十月には、延吉(えんきつ)県街から二里ほどの朝鮮人部落を包囲した攻撃では五百発以上の銃弾を発射、同村三百余名のうち、逃れ助かったものは四、五名、「老若男女ハ火ニ死セスハ銃ニ傷ツキ、鶏犬タリトモ遺ル所ナク、屍体累々トシテ横リ、地ニ満チ、血ハ流レテ川ト成シ、見ル者涙下ザルハナシ……」。

「ああ、忠勇無双の日本兵の正体がなんとも恐ろしいことだ！」

オサヒトは顔をおおう。

「姜徳相氏は、日本軍にとって、朝鮮そのものが不逞な敵であり、日本軍の支配下にあって日本の秩序に従わない『異端』は即決処刑されたのだと、論じています。

在日朝鮮人は、その頃、東京だけで二万名に達していましたから、日本国内でも蜂起しないかと恐れていたに違いありません。

あたかも八月二十九日は、朝鮮人にとっては『国恥記念日』。あらゆるところで行事が行われていた上に、九月二日の国際青年の日にもデモがなされるのでは、と警察はピリピリして動いていたところでしたから。」

日本国内でも、前年の一九二二年に、大阪で「朝鮮人労働者同盟会」が創立、はじめて朝鮮人たちが労働組合を結成している。大会には日本労働総同盟の代表も出席、日朝の労働者の団結がめざされようとしていた。

労働組合の結成は、一九二二年に信濃川水力株式会社の工事場で朝鮮人が殺され、遺体を信濃川に流した事件がおきたことに発している。

信濃川支流の中津川で大倉組が担当して水力発電所の工事を行っていたのだが、集められた労働者は千人中六百人ほどが朝鮮人。タコ部屋に押しこめられ、暴力も振るわれる、むごい働かせかたであり、たまりかねて脱走を試みたものたちが殺害され、信濃川に放りこまれてしまう。

ところが、身元不明の数体の遺体が下流にながれていったため事件が発覚、読売新聞が報道する。遺体中に朝鮮人があったことがわかり、事件を知った東京の朝鮮人学生らが調査団を派遣、この事件を朝・日の労働者に訴えている。

これらも、権力者がわにあっては、脅威であったろう。

なにしろ、赤池濃は、一九一九年八月から朝鮮総督府内務局長、警務局長を務め、3・1独立運動後の朝鮮人弾圧に力を尽くした男である。

「同じく水野は、そのときの政務総監でしたね。」

「後藤文夫は、天皇陛下の警察官とかねて自称していた男。警保局長は、警視総監、内務次官と並んで内務省三役と呼ばれ、絶大な権力をもっていたようですね。」

「ええ、なにしろ、下部組織には、警察行政を統括する警保局、特高警察の総元締めである保安課があったのですから。」

その三羽カラス、後藤、水野、赤池の提案で、一日夜半、内務大臣官舎の中庭で徴発令、戒厳令が起草され、決定。

二日午前、戒厳令は、裁可をへて新山本権兵衛内閣により発布される。水野から内相を引き継いだのは、後藤新平（ごとうしんぺい）。大震災後の帝都の復興に大尽力したと世評が高い人物ながら、前身は台湾総督府民政長官。

「そこでもえらく評判がよいのではありませんか。」

「たしかに。日本側からすれば。しかし、かの山辺健太郎（やまべけんたろう）は、後藤をきびしく糾弾しています。土匪（どひ）帰順法を作り、ゲリラに仮帰順証をあたえ、呼び出し、だまし討ちしている、と。ええ、『捕縛もしくは護送の際抵抗せし為』という名目で、四千三十三人殺戮していると山辺は記していますね。後藤の罪は、ほかにも、日本人、琉球人、台湾人を分離・差別する政策を取ったことでしょうね。一級市民が日本人、二級市民が琉球人、台湾人は三級市民とハッキリ分けてしまったのです。

さらに「匪賊刑罰法」を作り、総督府の定めた秩序に従わないものは、死刑をふくむ処罰を行っています。発布後、この法にひっかかって死刑にされた台湾人は三千人にのぼるそうですよ。」

「そうですか。その後藤が内務大臣では、当然、水野と同様に朝鮮人を蔑視し、同時に大震災時に彼らがたちあがりはしまいかと怯(おび)え、そうなってからでは遅い、まず先んじて軍隊をもって弾圧せねばと考えたのではなかったか。」

「一日午後から夕刻には、もう『朝鮮人が大勢で襲来し、放火、強盗、井戸に毒を投げこんだ』との流言が、関東一円あちこちで発生していますね。」

「その流言を血相かえてながしたのは、官憲であり、官憲の情報であればこそ、かねてから差別感をもっていた民衆は信じ、殺戮へと走ったのではありませんか。

たとえば、埼玉県入間町(いるままち)では、警察署が警鐘を乱打し、警察官が和服に日本刀をたずさえ、自転車で次のように警告したそうです。

『午後九時頃、約八十名の「鮮人」が小川方面に現れ、爆弾を投じて小川駅停車場に放火した。「鮮人」八百名が、五里を去る地点に襲来、一部は金子村で消防組と格闘中、当町在郷軍人分会消防隊は格闘の準備をせよ。

約六十名の「鮮人」は、三ヶ島付近の民家に襲来し、同村消防組は全滅した。当町へ応援五十名を要求してきた』など。」

「九月二日午前十時には、市ヶ谷士官学校の障壁に、『午後一時強震アリ不逞鮮人来襲スベシ』と掲示が張り出され、同じころ、巣鴨付近では官服着用の警官がきて、『井戸に毒を投ずるものがあるから注意せよ』と謄写版印刷物を配ったというではありませんか。」

「そう、電信電話、無線電報、騎馬、自動車、オートバイ、メガホン、貼り紙等々で、官憲による流言流布が、いたるところで行われていますね。

　戒厳令は、法的には、新内閣によって摂政ヒロヒトの裁可により発せられたわけですが、実際には先行して発せられていたと思われます。

　なぜなら、たとえば習志野騎兵第十五連隊は、一日深夜十二時非常召集がかけられ、実弾三十発ずつ持って今井橋に向かっています。救護なら実弾は不要のはずです。」

「そして二日になると軍による虐殺が大々的に始まるのですね。

　習志野騎兵連隊兵士であった越中谷利一氏の証言を先に述べましたが、他の証言も紹介しておきましょう。ええ、西崎雅夫氏の書物からです。

『四ツ木橋の下手の墨田区側の河原では、十人ぐらいずつ朝鮮人をしばって並べ、軍隊が機関銃でうち殺したんです。まだ死んでいない人間を、トロッコの線路の上に並べて石油をかけて焼いたですね。そして、橋の下手のところに二カ所ぐらい大きな穴を掘って埋め、上から土をかけていた。』(浅岡重蔵)

『今井橋には習志野の騎兵連隊が戒厳令で来ていた。当時、富士製紙には今の平田組と同じようにパルプを運んだり、まきとりをしたりする木下組という運送の下請があって、その飯場に朝鮮人も働いていた。九月四日頃だったか、三人ばかりがひっぱられ軍隊に引渡され、夕方暗くなってから鉄砲で殺されるのを見た。後ろ手にゆわえられたまま川の中に飛びこむのを見た。このときはじめて、鉄砲の威力の恐ろしさをまのあたり知った。』(須賀福太郎、当時十八歳。し尿運搬船の仕事に従事)」

「二日、市川市に入る十町ほど手前の田んぼ道で、鴻之台騎兵隊が、行った証言もありますよ。ええ、日朝協会豊島支部編『民族の棘』所収の証言（福島善太郎）です。

『朝鮮人を兵隊が叩き殺しているぞ、今迄引きずるように歩いていた避難民の群集が恐ろしい叫びをあげて、勢よく走りだしました。つい私もつりこまれて走っていました。そして一町近く走ったとき、群集の頭越しの左側の田圃の中で恐ろしい惨虐の事実をはっきり見たのです。粗い絣の単衣を着た者、色の燻んだ菜葉服を着た者達が七人後ろ手に縛りつけられて、しかも数珠つなぎになって打っ倒されていたのです。彼等はたしかに朝鮮人だったのです。何か判らない言葉で蒼白になって早口に叫んでいました。「ほざくな野郎」突然一人の兵隊が銃剣の台尻を振りかぶったと見るや、一番端で矢鱈にもがいていた男の頭の上にはっしと打ち降ろしました。「あっ」さすがに群集に声はなかったのです。そして一様に顔をそむけました。やがて恐る恐る視線を向けたときには頭蓋骨はくだかれ鮮血があたり一面に飛び散り、手足の先をピクピクと動かしていました。「あはははは、ざまあみろ」「こいつら、みんな叩き殺してしまえ」「よし来た、畜生」「やい、不逞鮮人奴、くたばりやがれ」十人余りの兵隊が一斉に銃剣や台尻を振りかぶりました。あの二日の午後二時前後、市川へ渡る橋の手前数町のところで、この事実を目撃した人たちが必ずあるにちがいない。』

この兵隊たちが、とりわけ殺人好きの変質者であったのではないでしょう。上からの示唆がなければここまでの残虐はおこなえますまい。」

「九月二日、内務省と打ち合わせをすませた埼玉県地方課長は午後五時頃帰って同県の内務部長に報告、報告を受けた内務部長は各郡役所に電話で連絡、市町村に次のような文書を移牒しています。

『東京に於ける震災に乗じ暴行を為したる不逞鮮人多数が川口方面より或は本県に入り来るやも知れず、又其間過激思想を有する徒之に和し、以て彼等の目的を達成せんとする趣聞き及び漸次其毒手を揮わんとする虞有之候、就ては此際警察力微弱であるから、町村当局者は在郷軍人分会、消防手、青年団員等と一致協力して其警戒に任じ、一朝有事の場合には速かに適当の方策を講ずるよう至急相当手配相成度旨其筋の来牒により此段移牒に及び候也』（傍線は引用者）

こんな文書を受け取れば市町村側はもちろん信じ、さあと色めきたつことは間違いありません。」

「九月三日午前六時には、さらに追い打ちをかけるように、かの後藤文夫警保局長が、呉鎮守府（くれちんじゅふ）経由各地方長官充てに、次の電文を送っていますね。

『東京付近ノ震災ヲ利用シ、朝鮮人ハ各地ニ放火シ、不逞ノ目的ヲ遂行セントシ、現ニ東京市内ニ於テ爆弾ヲ所持シ、石油ヲ注ギ放火スルモノアリ。既ニ東京府下ニハ一部戒厳令ヲ施行シタルガ故ニ、各地ニ於テ充分周密ナル視察ヲ加エ、鮮人ノ行動ニ対シテハ厳密ナル取締ヲ加エラレタシ』（傍線は引用者）」

「いや、九月三日早朝の発信となっていますが、実際には一日か二日に東京からの使によって、船橋無線電信所に送られたものですよ。

現に、船橋無線電信所長、大森良三海軍大尉は、千葉地方裁判所で開かれた法典村（ほうでんむら）自警団の朝鮮人殺人事件に証人として出廷、次のように証言しています。

すなわち、一日に東京に出した使三名が、前後してもどってきて、海軍、陸軍、内務、大蔵各省の救助電報など、多くを頼まれてきたなかに、警保局長から、山口、福岡の両県知事に宛てて、朝鮮人が東京で暴動を起こしているから、当分朝鮮から日本に来る者は差止めよという意味のものがあり、これらの緊急信を発信した、と。

発信の大元は、前の内田臨時内閣の内務大臣水野錬太郎であったでしょう。」

「在郷軍人会も、地域での殺戮に大きな役割をはたしていますね。」

「そう、在郷軍人といえば、近々、シベリア戦争（一九一八～一九二二年）に徴兵され、帰還したばかりの元兵士たちもいるはずです。

ロシアに革命が起こり、ボルシェビキ政権が樹立、第一次大戦から抜けたことで、連合国による軍事介入がはじまり、日本も『在留邦人の保護』を名目にして、その一翼を担って戦争をはじめるわけですが。本心は極東ロシア領に野心を抱いていたからでしょう。

さて、シベリアでの日本軍の蛮行は、松尾勝造『シベリア出征日記』で赤裸々に知られますが……」

「あなたのところにその本がありますね。では、読んでみますか。」

しばらくして現れたオサヒトは、いささか興奮ぎみで松尾の本を手にしている。

「いやいや、驚きました。

松尾勝造は、直方で次兄が経営する書店の手伝いをしていたのが、徴兵で小倉十四連隊に入隊。シベリアでは、ロシアのパルチザンと戦闘を重ねながら、その激戦のさなかにも、なんと一日も欠かさず、日記を書き、兄の七三郎に送り、帰還後、清書しています。原敬（はらたかし）だけでなく、書き魔はあちこちにいるものだ！」

妙なところで感心しているオサヒト。そういえばこの人もかつて手紙魔であったっけ。

「ペンでは凍ってしまうため鉛筆で記し、受け取った七三郎が、ペンで副書、だいじに金庫にしまっておいたおかげで、その貴重な日記を、読めるわけで、ま、シベリア戦争の実相を知るうえで、松尾には大きく感謝せねばなりますまい。ああ、もう一つ、出版に踏みきった勝造の息子、松尾良一にも感謝せねばなりませんね。

それにしても、善良な一市民がいかに残虐な兵士となっていったか、実に恐ろしい。ウラジオストックに着いてから十日目に早くも戦闘がはじまり、死者が出る。

と、松尾がおもうには、国を出るとき、『決死報国』と書いてきた、どうせなら晴れの戦場で華々しく死に花を咲かせよう、『名誉の戦死』という五字で自分の一生の終局を遂げようと。そうおもえば、死に対する未練も恐怖も執着も起こらない。これぞ、大和魂というのだろう、と。

小学校以来の教育が、松尾の精神にずいぶん深く食いこんでいるには驚きました。」

松尾の最初の殺人は、八月二十四日深夜、ドボスコエ村への進撃。全軍が雪崩（なだれ）をうって喊声とともに突撃。退却する「敵」。シベリア高原で最も高い頂上の敵陣地に駆けあがった松尾は、散兵壕（さんぺいごう）が掘ってあるのを見る。

その壕には、敵兵が折り重なって死んでいた。なかには息絶え絶えの者も。足をやられて動けず、もがいている者も。戦闘力のない者には手を出すな、と教わってはいるが「いきり立っている我々である」と、書く松尾。

「我戦友を倒した怨敵（おんてき）だと思へば、仇討（あだうち）の殺意もあって、これらをブスリと初陣（ういじん）の血祭にあげたのである。これが生まれて人殺しをした最初である。」

やがて追撃戦が始まる。

「木を折り、木の葉を破ってやって来る」弾丸を避けながらの追撃。

もう二回目からの殺人は容赦ない。

「敵の死骸を踏み越え進んで行くと、第二線らしい壕より残敵が現れて、健気な殿軍(しんがり)の役をする奴を突き伏せ、追ひ伏せ、逃げる奴、刃向ふ奴原(やつばら)を、一突でブスリと、背より腹へ、腹より背へと田楽刺しに突き通す。人間の身体は柔らかで、鱶(フカ)か鮫でも刺すやうに、面白いやうに突き通って行くのは、牛や豚のやうに皮が引締ってゐないからで、人間一人突き殺す位造作はない。頭と云はず胴と云はず、手当り次第に、倒れた戦友の弔い、仇討に突いて、突いて、突きまくって、盛んに追打ちをかけ、ブスリブスリと突き殺して行くのであるから、かうなると戦争も面白い。人間の骨は、生きてゐる間は重い荷を担いだり酷い仕事をしても挫骨(ざこつ)すると言ふことは滅多にないが、このやうに死んだ奴等を踏み越えて行くと、肋骨でも手も足もポキポキと音を立てて折れて行くから妙だ。」

一介の本屋の若者が、戦争に駆り出され、わが命も危うい戦闘を行う中で、あっという間に殺人魔になってしまっている。

何の恨みもない人間であるというのに。

「このような殺人体験をしてきた元軍人たちであれば、朝鮮人を敵といわれれば何のためらいもなく、殺しまくったことでしょう。」

「それを見た群集が、さらに輪をかけたリンチを行っていったのですね。

抗(あらが)はぬ朝鮮人に打ち落ろす　鳶口の血に夕陽照りにき

のちに歌を詠んだ当時十六歳の浦辺政雄さんは、その状況を語っています。

千葉街道に出ると、朝鮮人が千人近く針金でしばられて四列に並ばされていました。憲兵と兵隊がついていて、習志野に護送されるところだったのですが、列からはみ出すと殴っておよそ人扱いではない。

そのうち、浦辺さんが、羅漢寺（現・江東総合区民センター）のところへ来たら、先の一部らしく、朝鮮人が八人ずつ十六人います。憲兵が二人、兵隊と巡査が四〜五人ついているのですが、そのあとを民衆がぞろぞろついてきて『渡せ、渡せ。俺たちのかたきを渡せ』といきりだち、それを追い払って銭湯に朝鮮人を入れたところが、『裏から出たぞー』と騒ぎ出します。裏へ民衆、自警団が殺到していくと、軍隊も巡査も後はいいようにしろ、と言わんばかりに消えてしまうのですね。

『さあもうそのあとは、切る、刺す、殴る、蹴る、さすがに鉄砲はなかったけれど、見てはおれませんでした。十六人完全にね、殺したんです。五十〜六十人がかたまって、半狂乱で。』浦辺さんの証言です。

深川明川高等小学校二年生だった伊藤義一さんが当時、震災記念文集に載せたものもリアルですね。

九月二日夜、砂町で彼が目にした惨劇です。

『「〇〇人が行ったぞ！　捕えろ！」と闇を貫く声に僕の心はおどった。そして声する方へ駆けだした。と書いている僕も、手頃の棒を持っています。

やがて「殺してしまえ！　殺してしまえ！」と大勢の人びとが各自の武器を出してなにやら黒いも

のを叩き、突いているのが見えてきます。やがてその黒きものが鳶口によって道路に引き上げられたのを、僕は前へ出て見ました。

その黒きものは人である。……

酸鼻と云おうか凄惨と云おうか、その人の顔といわず銅といわず切傷突傷又は刺した傷でその所からぶくぶくと生ぐさい血が出て虫の息である。……

これを見て一同は各自の武器をさし上げて万歳を唱えた。』

それからさらに夜が更けて十一時頃、勇ましいラッパの音とともに『ジャンジャン』と警鐘が乱打され、『〇〇人が爆弾鉄砲ピストルなどを持って運河のごとく攻めよせて来たから皆大いに奮闘せよ』との触れが回ります。同時に大地を揺るがす物凄い銃声。伊藤少年も棒切れを捨てて、決死の覚悟で石塊を拾い、備えるのです。

しかし、だれも攻めてこない、『一しきり寂寞の夜となり、初めて流言飛語と分かった』とあります。」

姜徳相は、述べている。

「戒厳令により『不逞鮮人の討伐』を敢行したのは戒厳軍の作戦であり、その遂行過程で戒厳軍が主導の地位に立ち、警察と自警団、一般市民を統率下において『暴徒鎮圧ニ仕セム可キ』国民連合ができていたことが容易に理解できるだろう。」

麻布区本村尋常小学校一年一組の西村喜代子は書いている。

「……ソレカラユウガタニナッタラ、〇〇〇〇〇ガセメテクルカラトオマハリサンガイヒニキマシタ。ソノトキワタクシハコハクテコハクテ、ハカバノトコロデネラレマセンデシタ。」

同じく同区東町尋常小学校五学年の上土井初栄の九月二日についての文。

「あゝ此の時ばかりは生きた気持はしなかった。（略）往来する人の顔は青ざめてはあはあとせきこんで、小走に走って行くと、間もなくえび色のオートバイが、風を切って走って来て、我が家の前で止った。皆人々はそれに乗って来た。オートバイに乗って来た人は『諸君今玉川にあやしい船が入りました。それはたしか〇〇人と思はれます。女子供は早く逃げて下さい』とさう言ふ聲も切れ切れに、又オートバイを走らせて行ってしまった。集まった人々はどっと聲を上げて、竹やりを作り初める人、刀を持って来る人逃る人、で大さはぎをすると、又、一臺の自転車が走って来て『もう防ぐ事は出来ません』と言った。私達はそれ逃げろと言ふので原へどんどん逃げたが、生きてゐる心地はしなかった。ああ、恐ろしい事があればある物だと、私は深いため息をついた。今思ひ出してもぞっとする。」

ニセ情報は、子どもたちの間で修正されることなく、朝鮮人への恐怖、憎悪、が、育成されていったのだ。

姜徳相は、さらに言う。

「近代史上、沖縄を除いて日本本土が戦場になったのは関東大震災以外にない。」

その証明として下谷（したや）高等小学校の罹災（りさい）児童たちが一番恐ろしかったのは、火事でも地震でもなく「デマに狂った人殺し戦争」であったと、調査数字をあげて述べている。

九月五日、官憲は頭をしぼって姑息な方針を出す。

①朝鮮人の暴行又は暴行せんとしたる事例は多少ありたるも、今日は全然危険なし。

②朝鮮人の暴行又は暴行せんとしたる事実を極力捜査し、肯定に努むること。風説を徹底的に取り調べ、これを事実として出来うる限り肯定することに努むること。

③海外宣伝は特に赤化日本人及び赤化鮮人が背後に暴行を煽動したる事実ありたることを宣伝することに努むること。

「山田昭次氏は、朝鮮人暴動を誤認とみとめれば国家責任は明白になる。そこで国家責任を徹底的に隠蔽するために、朝鮮人暴動の捏造方針がここに決定された、と言われています。まさにその通りだとおもいますね。」

「九月十日には、早くも大韓民国上海臨時政府が、山本外相に三点を要求しています。

1　非法強因一万五千人をただちに釈放せよ。

2　災害にあった韓人の生死、姓名、年齢、住所を切実に調査公布せよ。

3　韓人を虐殺した乱徒を官民問わず、厳重に処罰せよ。

当然の要求だとおもいますが、なんと現在に至っても日本政府はこれに応えていません。」

「それどころか、一九二三年十月、司法省は次のような発表までしていますよ。

『……その事実が喧伝せらるるに至った結果（中略）往々にして無辜の鮮人、または内地人を不逞鮮人と誤って自衛の意味を以て危害を加える事犯が生じた……』

かたや、また、ハワイ朝鮮人国民会は翌年一月十四日、以下の決議をしています。

第一　両国の任命する朝鮮人日本人及米国人より成る聯合委員会に依り充分なる調査を為すこと。

第二　今猶監禁中の無辜の朝鮮人は総て即時に之を釈放すべく監禁に依り被れる損害は賠償せらるべ

し。

第三　犯人（日本官吏を含む）は法に照らして速(すみやか)に之を処罰すべし。

第四　被害朝鮮人の家族に賠償を支払うべし。

第五　無辜の朝鮮人に無実の罪を着せたることを日本政府は声明すべし。

第六　正義の為朝鮮は朝鮮人の所有に復帰せしめ日本役員及び軍隊は即時朝鮮を撤退すべし。

山田昭次氏は、司法省発表の大震災時における朝鮮人の『犯罪』を緻密に分析、圧倒的多数は氏名不詳で不確か、氏名判明の犯罪者十五名はいずれも窃盗、盗んだ物の運搬などの軽犯罪であり、発表された『犯罪』は架空、捏造の産物にすぎない、と言われています。」

「戦後になっても、一九五〇年に、さる国会議員の質問に当時の池田首相は『寡聞にして存ぜず』と答弁しているだけで、その後、国会で話題になったこともないようです。」

一九二三年十一月、吉野作造法学博士が、十月末までに各地で殺戮された朝鮮人数を調査、『中央公論』に記したが、発禁となってしまった。

「一九二三年十一月十七日には、上海のフランス租界で、上海居留民団が、同胞犠牲者の追悼会を開き、『無窮花』を合唱、次のような追悼歌をうたっていますね。」

1　蛇ヨ　狐ヨ　我等ノ仇讐(キュウシュウ)　彼等自ラ蒔(マ)ケル罪ヲ　自己ノミ受ケルベキニ
　我等同胞ノ災厄ニ罹(カカ)ルトハ　噫(アア)　是何等ノ化業ゾ
　痛恨亦痛恨　仇敵ノ為メニ殺サレタル同胞ヨ

何ゾ天ハ斯迄（カクマデ）我等ニ無情ゾ　之ニ対シ復讐ノ日近キヲ期ス
2　山水共ニ異郷ノ空へ　誰レノ為メニ日本ニ行キタルゾ
我等同胞ハ総（アラ）ユル苦痛ト戦ヒ　今ハ僅カニ残レル生命ナルニ
3　是生命迄モ仇敵ハ汲収セズバ已マザルカ
嗚呼　仇敵ノ同情ナキ土地ニ　自活自炊シテ苦闘セル苦学生ヨ
斯迄勇敢ニ苦闘シツツアル青年学生ヲ　未来アルアタラ青年ヲ
4　罪ナキ罪ヲ被セテ　総ユル方法ニテ之ヲ惨殺セリ
噫　彼等ノ流シタル血魂ノ土地ニハ　腥風（セイフウ）吹イテ樹木哀歌ヲ琴（キン）デンノミ　噫〉

翌年三月、北京在住の金健（キムゴン）が執筆した『虐殺』（石刷）が発刊、朝鮮人たちに配布され、英訳文が各国大使に送られ、日本政府をあわてさせる。

すわ、金健とは何者ぞ。

朝鮮総督府警務局はあわて、江原道鉄原（カンウォンドチョロン）の生まれで、神戸関西学院に留学していた人物だと外務省ほかに打電している。

「『虐殺』の内容を見ると、金健は東京をはじめ、虐殺がおこなわれた地を尋ね、あるいは生存者、遺族に会い、その『暴狼毒蛇に等しき動物界にても稀有の蛮行』について詳しく記し、歯ぎしりする思いで、同胞に呼びかけていますね。

冒頭の呼びかけは次のようです。」

同胞等よ！　倭島関東にて二万の同胞は倭奴の銃と剣とに惨酷に殺されたり！

同胞等よ！　足を折られ腹を抉られて殺されたる吾同胞の最後の哀号は唯だ「あいご母上よ！」「あいご父上よ！」のみなりき。

同胞等よ！　吾人の前途には之よりも尚大なる虐殺！　屠殺！　の惨禍が逼迫し来れり！

同胞等よ！　倭奴を撲滅せん、老少男女の区別無く悉く殺戮せん！　唯だ堅き決心と赤き手だにあらば出来ることなり。

同胞等よ！　我等は之を調査報告すると同時に一日も速やかに最後の決死戦闘の開始されんことを切願するものなり！


同パンフレットは、付録として、虐殺実況の証拠一覧として、代表金健の調査、また独立新聞社特派員報告を掲載している。

たとえば、

「洪〇〇（京城府宮町）虐殺現場にて目撃（東京市亀戸）被殺　被殺人員数15人
南〇〇（慶尚北道）虐殺現場にて目撃（東京市深川）被殺　被殺人員数40人」

という具合。

同年同月、朝鮮独立運動に関係する朝鮮人著と記した、英文で著した「日本国に於て行はれたる朝鮮人殺戮」も、各国大使館に送られる。

同書は、数名の勇敢な朝鮮人がその命を賭けて手の届く限りの調査をしたこと、その他の外国人の見聞によって判明したことを縷々述べ、「一九二三年九月一日から六日まで朝鮮人の生命は一銭の価値も持たなかった」と記している。

そして大震災前でさえ、朝鮮の事情を研究する集会まで禁止されるという迫害を受けていた、日本にいるごく少数の朝鮮人が、どうして暴挙を企てることなどできようか、地震地帯は戒厳令下に置かれ、日本の男子はことごとく憲兵・警察の補助者となっていたというのに、と問う。

「朝鮮人は最後迄抵抗して其無実を訴へたけれども何等の反応もなく何人の救済をも得る事なく日本人の惨酷な手に委ねられた。

婦人や小児等は泣き叫んで慈悲を乞うたが其かいもなく最後の呼吸は無情なる日本人の剣によりて止められた此虐殺は六昼夜継続した。

此行動は正義と人道とを破壊して文明に永久拭ひ去るべからざる汚点を残したものである。」

しかるに九月六日殺害中止命令を発した日本政府は、種々画策し、警察官や憲兵は殺害を止め保護に努めたと称し、また、事件が世界に漏洩することを恐れて朝鮮人の帰国を禁止した。

最後に同メッセージは、「人類中最も悲惨なものは朝鮮人である」として、「無情なる日本人はこんな最大なる災殃に際しても尚最大の罪悪を敢て犯した程であるから其他の場合に於てどんな残忍な振舞をするものであるかは想像にあまりあるではないか。人間を平和な世界に生存させやうとするなれば且つ弱小なる国民も此悲惨な運命から救済しやうとする為には是非共軍国日本を破壊しなければならない。」と結んでいる。

「そういえば、二〇一八年には、安倍政権が放送法第四条の公正の条項をなしにすることを目論んだと聞きましたが、この頃のマスメディアはどうだったのですか。」

「残念ながら流言を丸のみにした報道をしていますね。

たとえば九月三日の『河北新報』は、『東京市内は全部食料不足を口実として全市に亘り朝鮮人は大暴動を起こしつつあり』と報道。九月六日の『北海タイムス』は、本所深川の被服廠、小石川砲兵工廠の爆発も朝鮮人による放火だと断定、あるいは朝鮮人が巧みに変装して日本人に混じり、捕まったものが持っていた宣伝ビラで陰謀がわかったなど、まことしやかに出鱈目な記事を書き、七日の『福島民友新聞』は、オートバイで市中を横行していた朝鮮人を兵士が追撃射撃して止めたが、腕に赤布を巻いており、よくよく調べると、赤布は爆弾所持のしるしと分かったなど、全くよくもよくもウソ八百を報じたものです。」

止める人、かばう人、記憶した人は?

ため息をついているばかりだったオサヒトが、

「でも少数だが、かばう人もいたようですね。」

と問いかけてきた。

「ええ、たしかに。

こんな例もありますね。

たとえば、青梅市三田村二股尾、滝振畑には、日雇い労働をしているAさんという朝鮮人がいましたが、温厚善良な人で、近隣の人びと、子どもたちからも親しまれていたそうです。

奥さんは日本人。で、村の人たちは流言を信ぜず、Aさんが万一疑われるようなことがあったら、みんなで守るんだ、そうしてやるべえ、と言い交わし、Aさんが出歩かないでもいいように心配りし、過ごしたそうです。それで、Aさんはのちのちまで、あの時は本当に嬉しかったと語っていました。」

「そうそう、あなたと一緒に訪れた墨田区東向島にある法泉寺墓地内、真田家の墓の一角にある鄭宗碩氏が建てた『感謝の碑』も、その一つですね。

大震災のおり、氏の祖父、氏の父を守ってくれた真田千秋氏への感謝から建立されたみごとな碑でしたね。」

「はい、陶製のみごとな壺型の碑が真田家墓地の左角に建っていましたね。

高さ一メートル五十センチ、象嵌彫りで松、鶴、亀をあしらった碑の作者は、鄭宗碩氏の友人で、七〇年代の民主化闘争で計六年間も獄につながれていた金九漢氏。

全羅南道の御影石で作った硬い台座に刻まれた『感謝の碑』の文字は、在日書家の申英愛さん。

合わせて重さ約五百キロの代物だそうでしたね。」

碑の裏面には、次のように刻まれる。

一九二三年関東大震災の混乱のさ中、わが祖父鄭化九一家を虐殺の危機より救ってくださった故真田千秋先生のご恩を生前の父鄭斗満から常々聞かされ、深く感銘をうけておりました。遥かな年月を経てしまいましたが、先生の崇高な人間愛とその遺徳を讃え、ここに謹んで感謝の碑を建立させていただきます。

二〇〇一年九月一日　迎日　鄭氏家門一同

鄭宗碩の祖父、鄭化九が渡日したのは、一九二〇年頃。はじめ北海道の夕張炭鉱で働いたが、あまりにも過酷だったため、三か月ほどで脱走。流れ流れて東京へ。

居酒屋で知り合った真田千秋に、自分のところで働かないかと誘われる。彼は墨田区にある吾嬬(あづま)製鋼の工場長であり、孫の富士彦によれば若いころ、大型船の機関士で世界を飛び回っていたため、偏見がなかったのでは、と。彼のもとで十数名の朝鮮人が働いており、たびたび警察が来て様子を確認していたとか。

生活が安定してきた祖父、鄭化九が、一九二三年七月頃、息子の鄭斗満と母、妹を故郷の慶尚道(キョンサンド)から呼び寄せたのは、関東大震災のわずか二か月前。宗碩の父、斗満は十七歳であった。東京の西も東も分からないうちに災害にあったわけだ。

宗碩は、語る。

「大震災時、殺された死体が隅田川にあふれました。今でいう明治通りにも死体が山のように積み上げられていた。真田さんの工場の前にも死体が積み上げられていたそうです。デマに惑わされて、デマを信じて、軍隊・警察とともに自警団が朝鮮人を殺した。

そして、自警団は真田さんの家にもやってきて、『お前のところに朝鮮人がいるだろう！　引き渡せ！』と迫ったそうです。

真田さんは祖父一家を自宅にかくまってくれました。かくまいきれなくなると、数十名の日本人労働者を護衛につけて、当時の寺島警察署（現在は向島警察署）に送り届けてくれたのです。真田さんは自分の身の危険も顧みず勇気ある行動を取ってくれたのです。」

十七歳の斗満は、そのうち、夜中に寺島警察の塀を乗り越え、逃げて逃げて、食うや食わずで追いかけられながら必死で逃げ回ったとのこと。

「毎年九月一日が近づくと、親日派の相愛会や協和会から受けた拷問の記憶と重なって、父は真夜中に、よくうなされていました」と語る宗碩。

実は、碑建立には、もう一つの目的があった。

二〇〇〇年、荒川河川敷で虐殺された朝鮮人を悼み、慰霊を行ってきた「グループ ほうせんか」が墨田区に慰霊碑建立を陳情・要請したのに対して、墨田区は「区には虐殺の資料は残されていないので、碑を建てるつもりはない。建立は区民の利益に合致しない」と回答したのだ。

「そのとき傍聴していた鄭宗碩さんは、呆れ憤り、爆弾でもぶん投げてやりたい！ と思ったといわれていますね。

そして、よし、それなら虐殺の事実をなにかのかたちでしっかり後世に残そう、と碑建立を思い立たれたそうです。」

「碑の上部の片側の口からは南天の樹が大きく繁り、天に向かうかのようでした。」

います。

「詩人萩原朔太郎が、翌一九二四年、雑誌『現代』（二月号）に、『近日所感』として次の詩を発表しています。

朝鮮人あまた殺され／その血百里の間に連なれり／われ怒りて視る、何の残虐ぞ

詩人の良心を見る想いがして朔太郎立派だった、と賞賛したくなりました。」

「墨田区荒川土手近くの追悼碑にも一緒に行きましたね。

たしか、碑を守る一般社団法人ほうせんか（二〇一〇年設立）の中心メンバーの一人、慎民子さんがお話をしてくれたのでしたな。」

「民子さんが虐殺の事実を知ったとき、言われたことで、わすれられないお話があります。

彼女はこう言ったのです。事実を知ったとき、震えた、いつか自分も同じように殺されてしまわないかと、どんなにか恐ろしかった。

そして、考えたのは、そうだ、まわりに守ってくれる日本人を作っていけばよいのだ、そうすれば殺されなくてすむ、そう思ったといわれ、ああ、殺す側にいる日本人の自分は、虐殺の事実を知っても、いつか自分が殺されるかもなどとは少しも心配しなかったのだ、としみじみ思ったことでした。」

毎年九月の第一土曜日、碑を詣でてから土手下で、追悼の集いがもたれる。

碑の周りは樹木が茂り、次第に整っていくのがうれしい。近所の方たちも掃除など気にかけてくれるらしい。韓国からはるばる訪れるひともいる一方、登校途上の高校生たちが興味をもちだすとも。

たった一人の絹田の営みが、大きく大きく育っているのだった。
碑文は、以下のように、はっきりと国家犯罪であることを記している。

関東大震災時　韓国・朝鮮人殉難者追悼碑　建立にあたって

一九一〇年、日本は朝鮮（大韓帝国）を植民地にした。独立運動は続いたが、そのたび武力弾圧された。過酷な植民地政策の下で生活の困窮がすすみ、一九二〇年代にはいると仕事や勉学の機会を求め、朝鮮から日本に渡る人が増えていた。

一九二三年九月一日、関東大震災の時、墨田区では本所地域を中心に大火災となり、荒川土手は避難する人であふれた。「朝鮮人が放火した」「朝鮮人が攻めてくる」等の流言蜚語がとび、旧四ツ木橋では軍隊が機関銃で韓国・朝鮮人を撃ち、民衆も殺害した。

六〇年近くたって荒川放水路開削の歴史を調べていた一小学校教員は、地元のお年寄り方から事件の話を聞いた。また当時、犠牲者に花を手向ける人もいたと聞いて、調査と追悼を呼びかけた。震災後の十一月の新聞記事によると、憲兵警察が警戒する中、河川敷の犠牲者の遺体が少なくとも二度掘り起こされ、どこかに運び去られていた。犠牲者のその後の行方は、調べることができなかった。

韓国・朝鮮人であることを理由に殺害され、遺骨も墓もなく、真相も究明されず、公的責任も取られずに八六年が過ぎた。この犠牲者を悼み、歴史を省み、民族の違いで排斥する心を戒めたい。多民族が共に幸せに生きていける日本社会の創造を願う、民間の多くの人々によってこの碑は建立された。

二〇〇九年　九月

関東大震災時に虐殺された朝鮮人の遺骨を発掘し追悼する会
グループ　ほうせんか

「軍隊が機関銃で韓国・朝鮮人を撃ち、民衆も殺害した。」と碑にはっきり記している。

この碑は、日本・在日韓国・朝鮮人が共に力を合わせて碑文を考え、建立したものだ。

二〇一八年九月八日、95周年追悼式を荒川河川敷で行うことを知らせてきた会報は、「埋もれた歴史を掘り起こし、記録し、発信し、碑を建て……事件を記憶し風化させないように努力して来たことを、ここに集う人々を、誇りに思います。これからも愚直に続ける決意です。」と記してあるのが、すがすがしく感じられる。


ここで筆を置いたところで、たった一人で朝鮮人を守った老女がいたことを知った。

「ほう、どのように？」

オサヒトが身を乗り出す。と言っても、下半身はぼうっとしているのだが……。

「京都にお住いの詩人、片桐ユズルさんが送ってくださったものを、私の個人誌『風のたより』16号に載せたのですが、以下の文を読んでください。」

大きな愛
——関東大震災時朝鮮人虐殺に抗して

京都在住の詩人、片桐ユズル氏から、お手紙をいただいた。

お手紙によると、日中戦争がはじまる前は、大人が集まると話題は関東大震災のことだったという。そのとき、幼いユズル少年がチラと耳にはさんだのは、自分のひいばあちゃん、片桐けいが、朝鮮人を助けて警視庁から表彰されたとのこと。それ以上、知らないままでいたところ、当時十八歳だった父、片桐大一氏が、そのことをのちに英文で記していたのである。

そして、大一氏（享年九十）の葬儀のとき、ユズル氏の弟、中尾ハジメ氏が日本語訳し、コピーして会葬者に配ったのだという。

以下、その文章を載せさせていただく。

「二十五万五千の家屋を倒壊させ、さらに四十四万七千棟を焼失させた関東大震災で、首都東京は平地と化してしまった。一週間ほどで私たちは、めちゃめちゃにひっくり返ってしまったものをもう一度たてなおそうと、気を取りなおし始めていた。私たちのつぶれかけた家は、引きたおし、建てなおさねばならなかった。その日の午後、荻窪駅の近くで建築業者と材木商との打ちあわせを終えて、私は家へ帰るところだった。

未曾有の破壊は東京周辺のいくつかの地域でどうにも手のつけがたい無秩序をもたらしていた。大異変が人びとの理性の平衡を失わせたのだ。最も野蛮な不法行為まで起こっていた。

もっともらしく歪められた拡大された恐ろしい噂が、またたくまに、広く走り、朝鮮人たちが反乱を企んでいる、あちこちの井戸に毒を投げこんだ、そして何人かはその場で捕えられ殺されたというのだ。家にむかいつつあった私は、近所の大地主の一人飯田さんの畑で一人を斬首刑にすると、通りがかりの人たちが話しているのを耳にした。好奇心で私はその私刑の場へと急いだ。

数分で私はそこにいた。たくさんの人が集まっている。異常に張りつめた空気を感じとることができる。たぶん何も悪いことをしていない一人の朝鮮人に行われようとしている非法な斬首刑をはっきり見ようと、私は厚い人垣をかきわけて、最前列にまで無理やり進んだ。この男が捕らわれたのは、ただ彼が朝鮮人だったからだ。

この白昼、これほど多くの目撃者のまえで一人の人間が殺されるのを見る。なんという衝撃か。どうして、これほど多くの者がこの光景を傍観できるのか。法治社会でこんな刑罰が許されるのか。

犠牲者は地面にはだしで坐らされている。若く見える。が、私には、その背中しか見えない。彼は動かず、じっと静かにしている。逃げることは不可能だ。逃げようとはしていない。運命をあきらめているのか。取りかこんで立つ男たちの手にする、にぶく光る刀が触れる瞬間、血がほとばしるのを知っているのか。やがて永遠の瞬間がきて、刀がひらめき、無抵抗の肉と骨に落ちていくのを知っているのか。私の心臓は、のどにまで上がり、息がつまる。回りのだれも動かなかった。この逃れがたい死の場面はいつ終わるのか。何という瞬間だ！

反対がわに立っている群集のなかにざわめきがあがった。何だろう。厚い人垣をかきわけて一人の女が出てきて、自警団の輪のまんなかに身を投げだした。大地に自分をたたきつけるようにして、その朝鮮人のまぢかに、その背中によりかからんばかりに坐った。

何と！　なぜ！　どうして！　この新たな闖入者は私自身の祖母に他ならなかった。私のおばあちゃん、年老いてひ弱な。おばあちゃんは、何をしようというのか。

『さあ、まず私を殺しなさい。先にこの老いぼれた私を殺しなさい。この罪もない若者を殺すまえに、私を殺しなさい。』わめいたのではなかったが、その声はみんなに聞こえた。だれも喋らず、だれも動かなかった。おばあちゃんは同じ言葉を数回くりかえし、くりかえすごとに、ますます毅然と決意が見えてきた。あの威厳はどこからくるのか。

ほっとしたことに、この危機的な瞬間は長くはつづかなかった。引き抜かれた刀は、血を流すことなく元の鞘に収められた。死刑執行者たちは、この二人の坐ったままの老人と若者に背をむけると、一人また一人と去っていった。何という変わりようだ、ほんのわずかの間にこんなに従順でおとなしくなってしまうとは。ほっとした様子を見せたものさえいたし、負け犬のように立ち去ったものもいた。

群集は去り、私はおばあちゃんを連れて家に帰った、というか、おばあちゃんが帰ろうといったのだろうか？　彼女は、もはや決意も威厳も見えず、普通の年寄りになっていて、私のわきをとぼとぼと歩くのだった。

その若い朝鮮人は後で大工だということがわかった。私たちの近所を回り修理仕事をしていたのだ。彼の名前はダル・ホヨンで、日本名をサカイといった。

何日も何週間もたち、私たちはあの事件には何も触れずにいた。というのも、あの恐ろしい私刑の場面を思い出すのが怖かったからだ。何か月かたって、おばあちゃんは警視庁に出頭せよといわれた。彼女はそこで人命救助により『警視総監賞』を受けた。

友のために自分の命をあたえるほど大きな愛はない。」

片桐ユズル氏の手紙によると、氏の祖母堂は、長野県下伊那郡根羽村（しもいなぐんねばむら）から息子の大一さんを連れて家出、名古屋で、キリスト教の街頭宣伝「キリストの再臨近し悔い改めよ」に感化され、やがて教会本部のある杉並区天沼（あまぬま）へ移り住んでいる。その天沼の家へ、祖母の母・片桐けいさん（ユズル氏にとっては、ヒーバーチャン）は呼び寄せられていたわけであった。

それにしても、なんと大きな勇気をもち、断固として、凶器をかざした一団に、立ち向かわれたことであろうか。事がおさまったら、普通の年寄りになってとぼとぼと歩いていられた姿が目に浮かぶようだ。

なお、大一氏が、英文で書かれたのは、日本の学歴は、高等小学校のみで、一挙に教会関係のイギリスの大学に留学したため、日本語での自己表現は無理であったとのこと。

いずれにしても、小さなひとの為した大きな勇気。それをきちんと記録された大一氏にも敬意を表したい。


「あ、こんな例もありましたよ。」

オサヒトは、また、黄色地のパンフレットをかざして持ってきた。見れば、関東大震災時に虐殺された朝鮮人の遺骨を発掘し追悼する会発行の機関紙『ほうせんか』172号（2020・1・25）だ。そこに和田美千代という方の「母の一家は荒川で朝鮮人を助けた」という題で、彼女が母（つた子）から聞いた詳しいお話が載っていた。


母の実家は、日本橋小伝馬町（こでんまちょう）で足袋問屋「高砂屋」を営んでおり、大震災時、母は女学校一年だったという。

家が倒れ、父母と子ども九人、使用人十人くらいが二手に分かれ、上野のお山に逃げた。

翌朝、両者が一緒になったところで、母の父の提案で、行田（ぎょうだ）に足袋の大きな工場があるからそこへ行こうと決まり、船を二艘チャーターして、二手に分かれて乗船、荒川を渡ることになった。

で、乗りこもうとしたところへ、朝鮮人が十名ほど「自分たちは絶対に悪いことはしないから、是非船に乗せてほしい。お宅は大人数だからその中に入れてもらえばたぶん逃げられます。本当に心からのお願いです。どうか一緒に乗せてください。」必死に頼んできたそうです。

母の父が、「よし、わかった。じゃ、二手に分かれて乗れ。だが、どこかで誰かが見張っていて朝鮮人だとわかったら、俺たち全部がやられてしまうから、みんな全員顔を伏せろ」そう言って、みんな顔を伏せて船を出してもらいました。

無事に向こう岸に着いて「本当に有難うございました。命の恩人です。」と。そこで別れ、母たちは行田に向かって歩いていったそうです。

その後、彼らはどうなったかは不明だといい、この話を母は、縫い物しながら幼稚園児の美千代に何回もして、

「みっちゃん、よく覚えておきなさい。人間ってね、哀しいもので、そういう時に自分たちが普段はやらないことまでやってしまう。だからみんなが冷静になれば、そういうことは起こらなかったかもしれない。でも世の中ってそういうものだからね。」と言い、わすれられない話となった。

美千代は、父を広島で失っている。出張先の広島で十二日後に亡くなったのだ。美千代は、息子に原爆の悲惨について話したのみならず、母から聞いた朝鮮人虐殺の話も伝えており、孫にも話しておくつもりだと。

「やっぱり人の命を大切にしたい、というこの根本を忘れないでほしいな。今若い人が簡単に人を殺してしまうっていう世の中が非常に気になっています。そういうことも歴史を勉強することから、人の命は大切だっていうことを学んでほしいなと思います。そういう世の中になってほしいなといつも思っています。」と語る美千代さん。

「横浜保土ヶ谷駅に近い久保山墓地（市営）には、事件を目撃した一人の少年が、成人したのちに建

てた碑があるそうですね。」

「ええ、市が建立した、三千三百人余に及ぶ『横浜市大震火災横死者合葬之墓』の向かい側にひっそりとありますよ。『関東大震災 殉難朝鮮人慰霊之碑』と刻まれた石碑です。

裏面には『昭和四十九年九月一日、少年の日に目撃した一市民建立』と刻まれてあり、当時、小学二年生だった石橋大司さんという方が、建てられました。

大火のなか、家族とともに右往左往逃げ惑うなか、電信柱に後ろ手に縛られて血みどろになった朝鮮人の死体を目撃したのですね。それが目に焼きついて忘れられず、市長に訴えたが入れられず、それならと私財を投じて建てられました。」

「横浜には、宝正寺（ほうしょうじ）というお寺にやはり、韓国人の方たちが建てた『関東大震災韓国人慰霊碑』があるそうですが……」

「ええ、元はと言えば、震災後、李誠七（イソンチル）さんという方が、あちこち無惨に投げ捨てられていた同胞の遺体を大八車に乗せていくつかの寺に供養を頼んだけれど、どの寺も倒壊するやら多くの遺体が運びこまれるやらで、駄目でした。ただ、この宝正寺佐伯妙智住職が受け入れてくれ、毎年、『朝鮮人法要会』を開いていたようです。

李さんは、農家にかくまわれ、難を逃れることができたのですね。李さんの死後、遺志を継いだ鄭（チョン）東仁（ドンイン）さんが中心となり、大韓民国居留民団によって一九七一年に建立されました。」

細々とした善意のなか、目を瞠（みは）るのは、絹田幸恵たち「関東大震災時に虐殺された朝鮮人の遺骨を発掘し追悼する会」が、はるばる韓国に四回も行って、生存者や遺族を尋ねまわっていること（一九八三〜八五年）。

行方不明の父（朴徳守〈パクドクス〉）のことを子孫に伝えるため、慰霊塔を建てた息子たちもいた。震災で犠牲になったことを子孫にも伝えるため、ハングルで刻んであるそうだ。

漢文にも日本語にも達者だった朴は、日本で土木の請負をしていて、震災の時は群馬県で仕事していた。ところが部下の一人が金を持ち逃げしたため、追いかけて東京へ向かう。みなで止めたけれど、日本語も地理もわかるからと自信満々で東京へ向かったものの、消息不明になったという。享年三十三。

「ほら、本に碑が写っていますよ。」

「たしかに。故郷の風景を見下ろす丘に建っていますね。息子さんは小さいとき、お父さんにもう一度会えたら死んでもうらまない、と思っていたそうです。夜、庭に出て北斗七星にお父さんに会いたいと祈ったそうです。

一同は、怪我して帰ってきた人も見つけていますね。

二十四歳の金聖守〈キムソンス〉さん。

苦学のため東京へ。震災のとき、下宿の主人の娘をかかえて避難中、消防服の男十人に呼び留められ、いきなり『オマエチョウセンジンジャナイカ』と刀で斬りつけられ、首すじがぱっと切れた。主人が『私の子どもをかかえて逃げてくれているのに、なぜ殺すんだ』そう言ってくれたため、助かったそうです。」

絹田たちがおどろいたのは、事件を体験したひと、その家族、また遺族が、その後、大勢、日本に渡ってきていること。それだけ植民地支配のなかで故郷では食べていけなかったのだった。

いま、日本は変わったのか。

二〇二〇年の初頭、麻生太郎副総理兼財務相の発言にガックリする。彼は次のように言ったのだ。

「二千年の長きにわたって、一つの民族、一つの王朝が続いている国はここしかない」

「こんなことを平気で言う男が、権力の中枢にいるとは！

この人の頭の中には、日本を形づくってきたのは、先住民であるアイヌ人や、朝鮮、中国、東南アジアからの渡来人であることがそっくり抜けておるようです。

もちろん琉球国を滅ぼし、日本国に組み入れたことも念頭にありますまい。

問題になるとあっさり取り消したようだが、本心ではないでしょう。それで終わり、とは嘆かわしい。ま、現在の政府総体が、同じ考えでしょうから、罷免されることなどないわけだ。」

「そういえば、最近、東京都は横網町公園で朝鮮人虐殺の追悼式を開いている実行委員会に、管理上支障となる行為は行わない、拡声器は集会参加者に聞こえるための必要最小限の音量とする、などの誓約書を、呑め、と言ってきたそうではありませんか（のちに撤回）。

守られない場合、中止をふくむ都の指示に従うこと、次年度以降、許可されなくても異存ありません、とまでの案だというから驚きます。実行委は、誓約書の撤回をもとめる声明を出していますが、虐殺の犠牲者を悼む心が、小池知事ひきいる都には全くないということですよね。なんともはや。」

「代替わりなんて、浮かれている時じゃない、と声を上げて言わねばなりませんね。やいやい、やしゃごのアキヒトには、光巌天皇の生きざまを見習ってほしいのだが、彼に説教に行くには宮内庁のガードが高くて行けないのですよ。」

どうやら亡霊であっても、入りこめない域があるようだ、と明治以後の天皇制ががっちりと固めた体制になかば呆れつつ、大阪の詩人、李芳世(リパンセ)の詩を読む。

日本刀と竹槍

突然ドカドカと家に押し入ってきた
我々は自警団だ
見れば町内会長
(いつもニコニコおはようと挨拶を交わしていたのに)
今にも襲わんばかりの剣幕で
睨みつけ詰め寄る
チュウコエンコチッセン　いってみろ
ぼくはためらわずに15円50銭と答えた
いやチガウ　と　イノウエさんが凄む
(いつも田舎から届いたとおすそ分けをしてくれたのに)

またもやぼくは15円50銭と返事した
フザケンナ　と　タナカさんが殴りかかる
(いつも子どもの面倒をよく見てくれたのに)
ぼくは家族を抱きしめ
震える声で15円50銭とつぶやいた
このチョンコ野郎!
皆が一斉に日本刀をふり降ろし
竹槍で突いてきた
がばっと起き上がった
夢だった
横で妻と子がスヤスヤと眠っていた
額の汗をぬぐいながら
コノ人達のことばがずっと耳に残った
「謝るぐらいなら死んだほうがましだ」
1923年9月1日
6000人もの朝鮮人の首をはねた日本刀は
今もギラギラと殺気だっている
ベットリと血糊の付いた竹槍は

この国深く岩盤に根を張っている
まるで蛇がとぐろを巻くように

「二〇二〇年九月五日、関東大震災97周年に、荒川べりで『韓国・朝鮮人犠牲者追悼式』（ほうせんか主催）が開かれ、先述の慎民子さんが思いをしみじみ語られましたね。」

「うん、慎さんはこう言ったんだ。」

「私たちは『朝鮮人として、殺される側の人間だ』ということに違いはなくて、それを乗り越えての安心感を得ることが、私たちの一歩ずつの活動、運動、生活の中でこれを叶えることができてきたのかなと思います。それは、これからも継続しなくてはならない歩みであります。」

「私たちが」と慎さん、こう言ったよね、と女の子。

「私たちが『殺される側の恐怖』を思ったとき、実は日本人たちも『殺してしまうかもしれない恐怖』『事件をくり返してしまうかもしれない恐怖』をもった人たちがいることを知ったのが、とても大きな力になりました。とても力強く思っています。その一人一人が今ここに集まっている方たちです。」

「たくさんの人から」と少女が、慎の話を続ける。

「たくさんの人から『コロナの中、追悼式をやるのか』、遠くから『行かれなくて残念だ』といろんなことを言ってくれる仲間が、友人がいました。今年も一杯お便りをいただいています。

そういう人たちと一緒に、この社会をヘイトに負けない、ヘイトクライムに負けない、小池都知事が何を言おうとも、この歴史を変えることはできない。私たちはこの歴史を伝えていくことで、くり返さないことをこうして集まって確認しあっているんだと思います。

この素晴らしい集いに、一人一人の皆さんにお会いできたのは、とても嬉しく思います。」

ぼくたちも行ったこと、慎さん、気づいているかなあ、と男の子がつぶやく。

きっと気付いてくれているわ、少女が言う。

そうよね、きっと、女の子がうなずく。

第三章
関東大震災時の中国人虐殺を追って

『関東大震災時中国人集団虐殺の図』
（南京芸術学院教授 張玉彪・同助手 李玉芳制作、油彩画・2020 年）

その後もオサヒトはわたしの部屋に断りもなくふらふらと現れる。

男の子、女の子も変らず一緒だ。

ふと見ると、霧のような少女は当然のように書棚から本を引っ張り出して読みふけっている。

それにしても、亡霊だからといって、好き勝手に人の家に入りこんでほしくないゆえ、咎めようとすると、その前に、

「関東大震災時の虐殺はどうやら朝鮮人だけではなかったみたいですね。」

と言って、書棚から勝手に持ち出した、仁木ふみ子編『関東大震災下の中国人虐殺事件』を振ってみせた。

「はい、たしかに。でも詳しくは調べていません。」

「それはまずいでしょう。こんな本もあるのだから……」

亡霊に非難などされたくないが、言っていることは、もっともでもある。

「では、あなたが調べてくれたら拝聴しますよ。」

と云うと、亡霊は暇なのだろう、よしよしとばかりに分厚い本をたずさえ、消えていったが、一月

ほど経ってあらわれ、わたしに次のように講釈を始めたのであった。

中国人虐殺についてオサヒトの講釈

「ええ、関東大震災で虐殺された朝鮮人は、六千人余といわれていますが、同じく軍・警・民によって虐殺された中国人は、七百人を超えているようです。殺害場所は多岐にわたっていますが、特に九月三日、江東区大島町（おおじままち）周辺で、朝から夜にかけて集中的に、約三百名が虐殺されていますね。

また、九月九日、中国人労働者のことが心配で大島を訪ねた、僑日共済会会長の王希天（ワンシーティエン）が、野戦重砲兵第一連隊将校によって、同月十二日、ひそかに殺害されました。

先ず大島町周辺の中国人労働者殺害事件について述べましょう。

亀戸（かめいど）と砂町の間にあたる大島町は、小名木川（おなぎがわ）、竪川（たてかわ）、横十間川（よこじゅっけんがわ）と水運の便に恵まれているところから、東洋モスリン、大島製鋼、日本精糖、東京製粉などの会社、工場が立ち並んでいました。で、そこには六十数軒の中国人労働者の宿舎があり、近隣の工場あるいは河岸からの荷役などで働いていて、大島三丁目には、王希天らが開いた僑日共済会の事務所がありました。

地震によって一、二丁目、五丁目の宿舎がほぼ倒壊し、無事だった八丁目の友人の宿舎に避難したものが多かったようです。

その八丁目で、大虐殺がなされていきます。

九月一日夜半、日本人労働運動の中心地であった江東地区には、早くも野戦重砲兵第三旅団が出動、大島六丁目にある東洋モスリンに司令部を置きます。

戒厳令下の二日夕刻には軍に対し、『警告を与えたのち、兵器を用いることも可』との訓令が出されていました。

在郷軍人の組織を通じて、六十あった大島の中国人宿舎へは、中国人たち全員を人員点呼し、一人でも減ってはいけない、と移動禁止を命じ、所持金の額を聞いていました。日本人にはむやみに外へでないように、との伝達がされていますね。

そして三日、突然、午前八時、八丁目の広場で、二発の銃声がとどろきます。消防団から引き渡された二名の中国人を軍隊が射殺したのです。

この殺人を皮切りに、広場は、そう、集団虐殺の現場となってしまうのですよ。

昼ごろから午後三時過ぎごろまで、軍隊、警察、消防団、在郷軍人、青年団らによって凄まじい虐殺がなされました。

おとなしく宿舎にいる中国人たちのもとへ、彼らはやってきて、金を持っているものは国に帰すので、付いて来い、とたばかり、広場へ連れ出したかとおもうと、『地震だ！　伏せろ！』と伏せさせ、鉄棒、鳶口（とびぐち）、つるはしなどで殴殺していったのです。

現場を目撃した木戸四郎というひとの証言があります。

『五、六名の兵士と数名の警官と多数の民衆とは、二百名ばかりの支那人を包囲し、民衆は手に手に薪（まき）割り、とび口、竹やり、日本刀等をもって、片はしから支那人を虐殺し、中川水上署の巡査の如きも民衆と共に狂人の如くなってこの虐殺に加わっていた。二発の銃声がした。あるいは逃亡者を射撃したものか、自分は当時わが同胞のこの残虐行為を正視することができなかった。』

この証言は、十一月十八日、現地調査にやってきた牧師の丸山伝太郎らに話したものです。五日朝、近くに住んでいた仏文学者の田辺貞之助（たなべていのすけ）も、誘われ、死体を見に行って、石炭殻で埋め立てた四〜五百坪の空地に、ほとんど裸体に近い死骸が東から西へ頭を北にして並べてあるのを目にしています。六日夜明けには、脂っこい新鮮を焼くような臭いが町中をつつんだそうです。

大島六丁目では、午後二時頃、腹かけ丼の労働者たちがふいにやってきて銃をかまえ、宿舎前の路上に引きずり出され、二十三人が虐殺されました。うち、十七人は麻姓、現、麻宅（マーヅァイ）の人びと、みな兄弟や親せきでした。

僑日共済会の労働者代表の幹事、金宝山（チンパオシャン）が習志野収容所から釈放され、大島六丁目六三二番地の中国人が収容所に一人もいなかったのを不審におもい、十月訪ねてみると、全員が路上に引き出され、殺されていたことを知りました。貴重品や金銭も無くなっていました。

同じく、路地奥の宿舎の西側に、東京瓦斯（ガス）があってそこへ三日朝と昼、百人くらいの日本人労働者が押しかけ、中国人を殺しています。

他でも、そう、砂町をふくめた大島一帯で、軍隊、警官、民衆によって、中国人が殺されています。臨時震災救護事務局における内密の会議で、警視庁廣瀬外事課長が、そのことを報告していました。直話が筆記されたものが残っているのですね。もちろん非公開の文書です。

広瀬は、次のように述べていました。

『現在、東京地方の「支那人」は約四千五百名、そのうち二千名が労働者。

九月三日、大島七丁目において放火嫌疑に関連して三回にわたって二百～三百名の支那人が銃殺または撲殺された。

第一回目は、青年団から引き渡しを受けた中国人二名を銃殺。

第二回目は、午後一時頃、軍隊および自警団（青年団および在郷軍人団など）が、約二百名を銃殺あるいは撲殺。

第三回目は、午後四時頃、約百名を同様に殺害した。

これらの死体は、四日までなんら処理されず、そこで警視庁は野戦重砲兵第三旅団長金子直少将および戒厳司令部参謀長に対し、死体処理と同地残余の中国人の保護を要請、とりあえず国府台兵営で保護をしてもらう手筈を行った。』

なお、広瀬外事課長は、事件の動機原因は目下不明ながら、中国人が放火を行ったとの明確な事実はないとも報告しています。

これらは非公開ですから、外務省も蚊帳の外です。

死体焼却は、大島消防組第二部長で土木建築請負兼とび職の仕事師田中が、警察の指揮下、労働者を使役して行っています。警察署長は自動車ポンプに乗り、現場を監視していました。

事件は堅く秘され、辛くも生きのび、習志野収容所に置かれた中国人たちは、だれにも会わせず、上海に送還されていきました。

さて、『僑日共済会』会長になって中国人労働者のために働いていた王希天はといえば、九月九日以来、行方不明となっておりました。」

「長春(チャンチュン)市生まれの王希天は、なかなか優れた人物だったようですね。」

思わず口をはさむと、

「では、あなたが王希天についてちょっとレクチュアしてくれますか。」

相変わらず人使いが荒いオサヒト。こちらもそこは慣れている。それに、王希天にも興味がある。何より理知的でかつ温かさを感じさせる写真の風貌に、すっかり魅せられていたので……。

「なんでも父親は馬具などを扱う豪商であったそうですが、吉林(チーリン)省立第一中学校では校長のずさんな経営をただそうとして級友らとともに闘い、退学処分を受けていますね。王希天は天津(テンチン)の南開(ナンカイ)中学に転校、その後、一九一四年日本へ。一九一七年官費留学生として第一高等学校予科に入学。来日後、キリスト教徒になっています。

留学時、南開中学時の友人たちと撮った写真が天津の王希天記念館にあり、ともに写っている友人の中には周恩来(チョウエンライ)もいますよ。

一九一八年五月、日本政府と段祺瑞(トワンチールイ)政府の間で『陸（海）軍共同防敵軍事協定』が結ばれるのを事前につかんだ留学生たちは、一斉に帰国し、反対運動を起こすことを決めています。代表ら四十数人が神田の中華料理店に集まったところを警官が急襲、逮捕され、翌日には釈放されますが、東京日日新聞発表の、主だったものの名の中に王希天の名もあります。

その後、留学生たちは、北京・上海と二手に分かれ出発、北京・天津・済南(ジーナン)・南京(ナンチン)・上海などで学生救国会を作り、五四運動(ごしうんどう)の先鞭をにないます。

一九一九年パリ講和会議で、日本の山東(シャントン)半島への権益要求が認められたとのニュースが中国に入ると、五月四日、北京大学ほか十数校の学生たち三千名が、天安門広場に集まり、集会後、日本大使館へ抗議のデモを行おうとしました。しかし、阻止され、二十一か条要求を呑もうとした首謀者の曹汝霖（ツアオルーリン）宅へ向かったところで、三十五名が逮捕されてしまいます。このとき、怒った民衆が曹の邸宅に火を放っていますね。

さあ、ここから幅広い中国人民の闘い、すなわち学生の釈放、パリ講和条約反対を要求する運動が始まります。日本商品の不買運動がひろがったのもこの時です。そして、ついにパリ会議の中国代表も条約を拒否するに至ります。南開大学に入った周恩来は、天津で中心になって活躍しています。

一方、王希天は、逮捕された学生たちの釈放に奔走（ほんそう）。運動の盛り上がりを鎮めようとして田中義一（たなかぎいち）陸相は、王希天らを招待し、懐柔しようとしました。しかし、辞去したあと、王希天が『私的会合で我々を騙そうとするのではなく、堂々と中国政策の根本を内外に明らかにすべきだ』と主張したことで、要注意人物として警視庁の尾行付きとなりました。

一九一九年九月、愛知県名古屋にある八高（文乙ドイツ語）に入学。のちに王希天の行方を懸命に探すこととなる王兆澄（ワンチャオチュン）が親しい友となりました。

一九二一年東京へ。中華メソジスト教会の代理牧師、中国キリスト教青年会（ＹＭＣＡ）幹事として働くこととなります。山室軍平（やまむろぐんぺい）、賀川豊彦（かがわとよひこ）、服部マス、沖野岩三郎（おきのいわさぶろう）らとの友情も芽ばえました。

警察の記録には、『表面メソジスト教会代理牧師として居れるも、その裏面においては前記のごとく排日を扇動し、殊に近来は本邦社会主義者の組織せるコスモ倶楽部に出入りし、社会主義を宣伝し居るの疑いあるのみならず……』と記録されています。

コスモ倶楽部は、特定の主義をもたない人類の平等親善をねがう会で、中国、朝鮮、台湾の進歩的学生が集まり、日本人では堺利彦（さかいとしひこ）、大杉栄（おおすぎさかえ）、近藤憲二（こんどうけんじ）、山川均（やまかわひとし）、生田長江（いくたちょうこう）らが関わっていました。

一九二二年、ええ、関東大震災の前年、山室軍平の助言をえるなかで、中国人労働者が多く働く南葛飾郡大島町（現江東区大島町）に僑日共済会が設立され、王希天は会長になりました（副会長は東大在学中の王兆澄）。

そう、このときから彼はもっぱら労働者救済のために働きだすのですね。

不況のなか退去を迫る警察当局と交渉して滞在許可を求めたり、無料診療所を設け、日本語学校を開き、労働者の宿舎をまわって衛生・礼儀を教えたりするかたわら、賃金不払い、ピンハネ、殴打、負傷には、自ら交渉にあたり、解決できないものは検察にもちこむなど、異国で働かねばならない労働者の人権を守るために、地道で骨の折れる仕事をめげず、やり続けたのでした。頭が下がることです。わずか二十八歳でした。

労働者たちへの未払い賃金を要求することで、労働ブローカーから憎まれ、短刀で脅されたこともあります。

もともと大島あるいは南千住は、第一次大戦の好況で、機械工場が発展、荷役運びや、鋼板かつぎなどの人手が多く必要になり、日本人より二割安く使える中国人労働者を雇うようになっていました。

ところが、戦後、不況となるや、荷役を取りしきる親方たち、また日本人人足らも、日本人労働者の働き場を奪うと言って、行政に排除を働きかけ、内務省は中国人労働者に退去をもとめたりするようになります。

王希天たちは、警視総監を訪ね、善処をもとめ、帰国の費用ができるまでの行商、労働は認める、などの答弁を引き出しています。

もっぱら労働者のために努める彼は、月給は百円だったのを、自分で減額して三十円とし、その範囲で暮らしていますね。貧乏暮らしをみかねて援助を申し出る日本人もいましたが、キッパリ断っています。

また、自分も楽ではない山室軍平が、見かねてカンパを渡したところ、王希天は封筒に友情と書いて封を切らずに大事にしまっていたとか、共済会のための寄付は受けても自分のためには全く使わない、そんな人柄だったのでした。

震災時には早稲田の中国人留学生宅に身を寄せていたようですね。そして中国人虐殺のうわさを聞いて心配し、友人が止めるのも聞かず、九月九日、大島の共済会へ様子を見に行きます。途中、憲兵隊の臨時派出所へ寄ったところ、拘束されてしまい、ついに行方不明となってしまった……。

実は、九月十二日未明、旧中川の逆井橋（さかさいばし）付近で野戦重砲兵第一連隊・垣内八州夫（かきうちやすお）中尉によって殺害され、死体は遺棄されるのですが……。

なんと、その事実が明らかになるのは、後の後、事件から五十二年後、一九七五年、野戦重砲兵第一連隊の兵士、久保野茂次の日記公開によってでしたよ。」

そこまで話すと、オサヒトは、今度は自分でしゃべりたくなったらしく、

「はい、それは詳しく後に説明してもらうこととしましょう。」

と私の話の腰を折ってしまった。相変わらずワガママな気質は消えていないのだ。

「大震災時の虐殺で、真先に公になったのは、甘粕正彦（あまかすまさひこ）大尉とその部下による、大杉栄、伊藤野枝（いとうのえ）、六歳の甥・橘宗一（たちばなむねかず）への虐殺（九月十六日）でした。

大杉は国際的にも著名なアナーキストで、友人や新聞記者たちが必死に探り、記事にしたため、逃れられなくなった政府は、九月二十日、戒厳司令官を更迭、二十四日に甘粕大尉を軍法会議にかけ、懲役十年の刑にします。実際にはわずか三年で仮出獄させるわけですが。

次に十月十日、いわゆる亀戸事件が、ようやく警察によって認められ、翌日新聞に事件の概要が載ります。平澤計七（ひらさわけいしち）、川合義虎（かわいよしとら）ら社会主義者十名が、以前から労働争議で敵対関係にあった亀戸署（東京府下葛飾郡亀戸町）に捕えられ、九月三日から四日にかけて習志野騎兵隊第十三連隊により、亀戸署あるいは荒川放水路で刺殺されてしまった事件です。

これは、後にあなたに調べてもらうとして、王希天と大島での中国人労働者虐殺については、官憲の警戒をかいくぐって出来る限りの調査をした王兆澄の帰国を待たねば公になりませんでした。

日本政府は、王希天は釈放されたのち行方不明になったのだと言い張り、大島町での中国人労働者多数殺戮に対しても、ごく少数のものが、朝鮮人と誤って『誤殺』されたのだと言い張り続けるのですね。

王希天ほか大島の中国人労働者虐殺の報が中国で新聞に載ったのは、十月十三日。

それまで、中国では関東大震災に同情して、盛り上がっていた反日運動も一時中止し、全国から義捐金を募り、小学生まで義捐金（ぎえんきん）を集めていました。中国紅十字会（ちゅうごくこうじゅうじかい）（赤十字）は、医師団を日本に派遣、食料や衣類を送っています。中国政府も銀貨二十万元を贈ってきていたのですよ。

で、僑日共済会副会長の王兆澄が中心となって困難ななか、鋭意、調査にあたったことで、犯罪が明らかになっていくのです。

事を中国に知られてはまずい日本官憲は、必死に王兆澄を帰国させまいとし、他の留学生二十名が乗る千歳丸への乗船を許可しません。

彼の動向について、兵庫県知事から後藤新平内相に極秘電報が打たれていますね。

十月八日出帆のプレジデント・ジェファーソン号に中国人二十二歳のものが乗っていて、どうやら王兆澄らしいと。実際は、労働者に変装して山城丸で帰国したのですが。帰国後の活躍はめざましく、それからは、上海総領事・矢田七太郎はじめ各地の総領事が驚愕して現地の新聞記事を本国へ送ることとなります。

山城丸には、温州の労働者たちも乗っていて、ええ、大島での被害者は、あらかた温州からの人たちだったのですね。で、ひどい怪我をしていたものもあり、四明公所にかつぎこまれます。

あ、四明公所とは、寧波の商人・手工業者の同業組合が一七九七年に作った宿泊施設で、千人以上泊まることができたとか。

王兆澄は、十月十二日、上海に到着するや否や、その四明公所に友人十六人らと泊まり込みで調査をはじめます。そこには、前日の十一日千歳丸で帰国し、頭部に重傷、右耳も断ち切られた黄子蓮、すなわち大島八丁目広場での唯一の生存者もいました。

この綿密な調査が元となって、大島町での惨劇が明らかになっていくのです。

ほら、見てごらんなさい。

王兆澄らが調べた『日人惨殺温処僑胞調査表』。

ええ、一九二三年十一月八日、中国外交部に提出されたものです。

姓名、年齢、籍貫、災前住所、被害時刻、被害地方、加害者情形（凶手、凶器）、被害者情形（肉体上損失、金銭上損失）、付記と、九項目に分けて、きちっと調査していますね。

王兆澄は、八高から東大農学部に進んだ逸材。調査方法はきわめて科学的でした。

たとえば、

二十六歳の朱上巌は、青田三郡が生地、九月三日に六丁目青田屋で、苦力により鉄棍・火鈎で死んだ。朱正禄が、眼見している、と。

三十一歳の黄順發は、生地は瑞安三十一都大坑。九月二日晩十時に車站旁で苦力により鉄棍で打死。日幣二十元・又を奪われた。王鉅復証。

馬巌昌は、二十五歳。生地は瑞安三十二都・田町七十五。九月二日午後二時に神奈川県山上で陸軍と苦力に刀棍で頭上四刀、右腰一刀。日幣二十一元を奪われる。甌海道尹復査。

麻上云は三十四歳。青田一都半坑、大島町六丁目六十三番にて九月三日夜、刀棍により左手砍断・頭脳斬砕死す。尹復査、伍阿桃眼見。

という具合。

被害者は、大島町だけでなく、横浜の中華商店で殺されたものもいましたし、湯河原で消防夫に殺されたものもいます。殺害者たちは、殺戮だけでなく、所持金まで盗んでいますよ。

この方式で、先に帰国していた温州労働者も、同郷会によって調査が行うことが出来、これらが新聞紙上で公表されていきます。

最初の記事は、あらまし以下のようでした。

『温州避難民六十二名中の負傷者（どれも刀傷）四名が語ったことでは、九月二日午後九時頃、百七十四名の中国人が大島町八丁目で日本人無頼漢三百名余に惨殺された。

また、六日朝亀戸警察署の警官百名余が、三丁目に居住する中国人労働者七百余名を捕えて習志野兵営に拘禁した。

さらに七日午前、状況問い合わせのため、亀戸署に出頭した共済会長王希天もまた難にあい、ついに十日早朝、警官二名によって捕縛され、他に連行され、今に至るも行方不明である。

避難民代表二十余名は、温州同郷会その他の団体に向かって怨みを晴らすことを要求している。』

同月十六日、『時事新報』に王兆澄へのインタビュー記事が載ります。

主だったところを紹介しましょうか。

『**王兆澄**（以下、王）　日本の警察は罪過をおおうために頻りと証拠の隠滅をはかりつつあり、私も日本では暴徒のために鉄器で殴られ傷つけられ、その時の血の跡がなまなましく残っている衣服をそのまま証拠として保存しています。

問い　負傷労働者で中国に戻ってきたものはいますか。

王　黄子蓮という男がいます。彼は九月三日、大島町八丁目林安吾桟において、軍警らしい日本人のために刀で頭部と右耳を傷つけられたと証言しています。

彼の語るところによれば、九月三日多数の日本人が右の旅館にやってきて、多数の中国人を付近の空地に誘い出し、さらに地震があるだろうと欺いて、強いて地上に伏せさせ、二百余名を殺傷しました。

黄もそこにおりましたが、夜間に暴徒が退散したのを機に乗じて死屍のなかから這い出し、辛うじて逃れたのです。

五日、今度は七丁目の空き家でまた暴徒の殴打にあい、警官に連れられ、小松川警察署に行き、そこから更に陸軍の保護を受けて千葉習志野に護送されたと言っています。

問い　収容所での待遇はどうでしたか。

王　私が現場を視察しましたが、朝鮮人と共に中国人も収容されており、みな待遇に甚だしく不満をもっていました。

寝具は自分が持ってきたものだけ、食料は粗悪で空腹を満たすに足りず、しかも自分で食物を購入したものを食べ、あるいは所持の米を炊事すると、日本兵に殴打されました。

特に労働者の信書は厳重に検査され、確実な情報はすべて消却されました。』

十月十八日、王兆澄は、王希天についても熱心に調査、その行方についてそれまでにわかったことを、詳しく公表しています。

矢田上海総領事は、早速和訳し、伊集院彦吉外相に電信で送っていますね。その内容はあらかた次のようです。

『王兆澄は、王希天の行方を捜して、幾度も幾度も大島、亀戸警察署や習志野を訪ねている。日華学会あるいは救世軍あるいは友人の日本人たちに頼み、外務省・警視庁に調べてもらうが、杳として行方はわからない。

彼が、ようやくにして中国人労働者から得た情報がいくつか紹介されている。

中国人労働者王耀明の証言。

九日午後四時頃、大島町二丁目あたりで憲兵に捕えられ、亀戸郵便局隣の憲兵司令部に送られましたが、そこに王希天も拘禁されていた。王希天は十一円の金を手にし、中国へ電報を打つと言っていた。しかし、憲兵が許さず、金を取り上げたのを見た。

十日早朝、憲兵により習志野へ押送されたが、王希天は一緒ではなかった。

なお、王耀明は、中国人商人の伍から聞いた話として、伍が亀戸憲兵司令部に十日午後五時頃押送されたとき、王希天も拘禁されていて、共に亀戸警察署に押送されている。翌十一日朝、朝食が終わると警官が来て、中国人たちを習志野に送るといい、午後十五名が出発、王希天は、自分は労働者のことがあるから習志野に行くわけには行かないと言った、と。

中国人労働者周敏書の証言。

十一日、三河島から大島町の友人を訪ねて行ったところ、そこの警察に捕えられ、拘禁された。その際に王希天が拘禁されているのを見た。

十二日午前三時頃、制服を着て刀を手に持った二名の兵士が麻縄で王を縛っているのを見た。王は非常に苦しがって、兵士に少しゆるめてくれと頼んでいたが、兵士は聞かず、外へ押し出し、どこかへ押送してしまった。』

王兆澄は終わりに書いています。

『以上種々ノ報告ヲ見ルニ前後ノ事実ハ極テ明瞭デアル爾来外務省警視庁憲兵司令部ニ調査シテ貫ッテイルカ今尚少シモ要領ヲ得ナイ処カラ見レバ王希天ハ或ハ残殺サレタノデアルカモシレナイ』

著名な王希天を斬殺したとあれば、どうにも不味いということで、日本政府は知らぬ存ぜぬで押し通し続けます。

翌年五月、日本に再度もどってきた王兆澄は、一周年にあたり、神田九段メソジスト教会で追悼会を開いています。その通知の文章も泣かせますね。

そうだ、詩のかたちにしてみてくれますか。」

難題をふっかけてきたオサヒト。

ままよ、と祈念会通知の一片を、詩らしきものに翻訳してみる。

愛国の志士　王希天よ
夙に教門に入り　世界平和を主張し
行いは崇高　抱負は衆を超え
一身を犠牲にして　正義のために尽したひとよ
かかる賢士を　小日本は仇として
昨年九月十二日　ついに害してしまった
ああ　時代は志士を求めること急であるというに

昨秋　この英才を失い
だれに向かって償いを求めればよいのか
いま　われら　過去の記憶を追い
彼なき未来を思い　高山流水（こうざんりゅうすい）は以前のままなのに
彼を尋ねてもその足跡を知らず
なれど　その美しき精神は
永久に滅びること　あるまじ

王希天はよほど中国・日本の心ある人びとに慕われていたのであろう。追悼会が、中日各所で開かれている。

また、『王希天小史』（1924・2）も発行され、彼の家系、名言、愛唱の聖歌、僑日華工商との関わり、大地震のさいの奔走、凶報、被害の原因、被害後の影響、諸友の弔詞等の章が立てられた心のこもった内容だ。

中国政府が日本政府に再三抗議し、らちが明かないので十二月（一九二三年）に王正廷（ワンヂエンティン）ほか三名を日本に送り、真相を調査させたものの、未だ全く解決していないこと、享年二十八、両親、妻、七歳の女子、三歳の男子、弟三名、妹三名の家族があり、「一家老幼啼泣（テイキュウ）悲鳴ス春風秋月何ヲ以テ慰メンヤ」とも書いてある。

かつて、王希天が詠んだ「出獄」という題の詩を、披露して彼を偲ぼう。

お前の艱難をだれが知る？
お前の苦しみをだれが知る？
謡言を捏造する者は眉をあげて気焔を吐く
正義の勇士は縄に縛られて呻吟する
公道はどこにあるのだ？
人間の讒言告発は暫時のこと
天上の賞賛こそ永遠のもの
お前は忘れるな
ただ忍耐の極みにこそ
上帝の国が開けるということを

おのれの安危より同胞の労働者たちの境遇を心配し続けた王希天。本当に彼が生きていたならば、どんなにか中国のその後に貢献したことであろう。

王希天の殺害状況が明らかになるのは、半世紀過ぎた一九七五年。野戦重砲第一連隊所属の兵士・久保野茂次が、事件当時の日記を公開したことによる。

日記は次のとおり。

十月十八日　晴

王希天君は其当時、我中隊の将校等を誘い、支人護送につき、労働者のために尽力中であった。快活な人であった。彼は支人のために、習志野に護送されても心配はないということを漢文に書して我支那鮮人受領所に掲示された。支那人として王希天君を知らぬものはなかった。税務署の衛兵に行き、将校が殺してしまったということを聞いた。彼の乗ってきた中古の自転車は、我六中隊では占領品だなと言うて使用していた。其の自転車は中隊に持ち来りてある。

十月十九日　晴

今日の新聞にも前途有為な社会事業に尽瘁（じんすい）の王希天君が出ていた。その真相については逐一ある者（欄外に「高橋春三氏より聞いた」と書き入れがある）より聞いた。中隊長初めとして王希天君を誘い、「お前の国の同胞が騒いでいるから、訓戒をあたえてくれ」と言うてつれ出し、逆井橋の処の鉄橋の処にさしかかりしに、待機していた垣内中尉が来り、君らどこにゆくと、六中隊の将校の一行に言い、まあ一ぷくでもと休み、背より肩にかけ切りかけた。そして彼の顔面および手足等を切りこまさきて、服は焼きすててしまい、携帯の拾円七十銭の金と万年筆は奪ってしまった。そして殺したことは将校間に秘密にしてあり、殺害の歩哨にさせられた兵により逐一聞いた。

右の如きことは不法な行為だが、同権利に支配されている日本人でない、外交上不利のため余は黙している。

十一月二十八日　雨

午後中隊長殿の講話。全国皆兵、兵制、詔書、最後に震災の際、兵隊がたくさんの鮮人を殺害したそのことにつきては、夢にもいっさい語ってはならないとかたくことわられた。それについては、中隊長殿が殺せし支那人に有名なるものあるので、非常に恐れて、兵隊の口をとめてると一同は察した。

日記は、表紙に渋を塗ってあり、久保野は腹巻に入れて肌身離さず、持ち歩いていた。そして、石井良一鎌ケ谷(かまがや)市会議員の説得もあって、久保野は王希天の家族に知らせたい思いから、公開に踏み切ったのであった。公開五年後に、久保野は死去する。

久保野日記以前に、大震災当時、第一師団野戦重砲兵第三旅団第一連隊第三中隊長であった遠藤三郎が、当時の日記を公開している。

戦後、反戦の闘士になっていた遠藤。

「そうそう、この遠藤三郎という軍人は、陸軍中将にまでなっていたため、戦後一年間、巣鴨プリズンに入所させられていますが、出所後、企業からの誘いを断り、陸軍航空士官学校跡地に入植、農業に従事しているのですね。

一九五三年には、片山哲(かたやまてつ)元首相とともに憲法擁護国民連合結成に参加、五五年にはその片山が団長の憲法擁護国民連合訪中団に加わり、中華人民共和国を訪問、毛沢東に会い、六一年に日中友好元軍人の会を結成、代表になっています。

で、元軍人たちからは、『国賊』『赤の将軍』などと非難されていたそうです。詩人の山下修子さんは、遠藤を調べていて、狭山市立博物館に保管中の遠藤の日記を読み、『兵戈無用』という詩を書いていますね。ええ、その末尾にこう書いています。」

〈軍備国防は誤りであり
軍備は全廃すべきである〉
結晶の遺言に触れるには
また来なければなるまい
桜が芽吹く　その前に

「立派な元軍人がいたんだね。」「ほんと。」

男の子、女の子がささやきあう。

その遠藤の日記には、九月十一日夜、久々に市川・国府台の連隊本部に帰り、駐屯地にもどっていた第三中隊の部下たちと交歓後、夜明け近くに亀戸にもどったところ、佐々木、垣内の蛮行を知っておどろき、彼らから事情聴取、司令部への報告書作りに忙殺されたことが記してあった。

それからは、とんでもないことをしてくれた、と思いつつ、部下を守るためには隠蔽しかないと奔走した遠藤。

戦後、そのことを悔い、すべてを明らかにすべきだと決心した遠藤は、真相を求めて訪ねてきた田原洋に知っていることをすべて話したのである。

かくて、わかったのは、十一日午後過ぎ、野戦第七連隊長中岡弥高（なかおかやたか）、野戦第一連隊第六中隊長佐々木平吉が、野戦重砲第三旅団司令部を訪れ、金子旅団長に面会して、王希天の処刑を迫ったこと。

特に強硬だったのは、中岡。

王希天は旅団の責任で処断すべきだ、と。

金子は、遠藤が戒厳司令部へ行って、王希天は習志野で中国人をまとめる仕事をさせると具申、了解を得たと答える。

しかし、中岡は「禍根を一気に絶つ好機です。今、自分の中隊で勾留していますから、一任してください」と主張し、結局、金子は中岡に下駄を預けてしまう。

中岡の意中には、旅団随一の剣道の名人、垣内八州夫中尉があり、彼にやらせればうまくいくとの計算があったし、同期の遠藤へのコンプレックスからくる妬心（としん）もあったろう、と『関東大震災と中国人』の著者、田原洋は推測している。

金子旅団長から暗黙の了解を得た中岡は、佐々木に王希天殺しを命じる。

佐々木は、亀戸署の部下に王希天を連行してくるように命じ、近くで待っていると、やがて部下二名が、後ろ手に縛った王希天を連れてきた。

いぶかる王希天に、佐々木は、習志野で中国人が騒いでいるとの緊急連絡があった、そこで鎮めるために行ってもらうぞ、小松川から自動車で行く、と告げて、王希天を安心させる。

逆井橋にかかったとき、兵士たちは土手に下りるよう王希天をうながし、佐々木は何食わぬ顔で「ちょっと一服しよう」と言ったが、王希天の背後には、逆井橋と並行する城東電車のガードのコンクリート柱の陰にひそんでいた垣内中尉がひそんでいたのだった。

そして、かねての打ち合わせ通り、近寄ってきて、日本刀で後ろから斬りつけ、一刀のもとに殺してしまい、さっと立ち去った……。自分が殺した中国人がだれかもしらぬままに。

一九八三年、遠藤を訪ねて、王希天殺害者が、垣内であることを知った田原洋は、その垣内の自宅を捜しあて、訪ね、質問する。

上官の命令か、自発的か？

垣内は答えている。

「あのね、私は後ろから一刀浴びせただけです。そのまま帰りましたから、王希天が死んだかどうか確認はしとらんです。」

垣内はこうも言っている。

「佐々木中隊長は、上から命令を受けておったと思います。……後で、王希天が人望家であったと聞いて……驚きました。可哀そうなことをしたと……。中川の鉄橋を渡るとき、いつも思い出しましたよ。」

真相になんと時間がかかったことか。

しかし、一兵士が懸命に記した克明な記録が、遠藤証言、垣内証言を裏付け、半世紀後とはいえ、王希天殺害の実相を明らかにしたのである。

なお、ほぼ同時期に、日本近現代史・政治史専門の学者で横浜市立大学名誉教授・今井清一（いまいせいいち）は、米軍占領中に米国議会図書館と国務省が作った『日本外務省文書マイクロフィルム』から、大島事件と王希天事件に関する当時の官憲の極秘文書を発見している。

久保野は、九月三日午前一時頃、非常呼集を受け、「不逞（ふてい）鮮人が非常なる悪い行動をしつつあるので、制動せしむるため」と言われて、彼も大島に向かっており、その時のことも、日記に書いている。

「三八銃携行、拳銃等も実弾携行し、乗馬で行くもの、徒歩でゆくもの、東京府下大島にゆく。

小松川方面より地方人も戦々恐々とて、眠りもとれず、各々の日本刀、竹やり等を以て、鮮人殺さんと血眼になって騒いでいる。軍隊が到着するや在郷軍人等非情なものだ。鮮人と見るやものも言わず、大道であろうが惨殺してしまふた。そして川に投げこみてしまふ。余等見たのばかりで、二十人一かたまり、四人、八人、皆地方人に惨殺されてしまふた。余等は初めは身の毛もよだつばかりだが、段々なれて死体を見ても今では何も思わなくなった。

午後砂村より消防隊が、鮮人の百名も一団でゐて夜間になると不安で寝られず、爆弾等で放火等やるので、我々等の応援を仰いできたので、余の分隊等、野中上等兵以下拾二、三名着剣して、消防隊の自動車で鮮人のゐる長屋につき、すぐ包囲をし、逃ぐるものあれば一発のもとに撃ち殺さんとかためてゐたが、彼等一人として抵抗するものもなかったので、一発せずして、一団をじゅずつなぎにして闇の中を在郷軍人等とともに警戒厳にして小松川につれゆき収容し、余等分隊は東亜製粉会社に帰った。其夜は会社のコンクリートの上に寝た。」

在郷軍人らの惨殺に兵士たちも呆れているものの、彼らの犯行が軍人の到着に勢いを得てなされたことも、たしかだ。

「さて」

と、オサヒト。

「中国は、三月四日、留日中国人殺傷事件について日本政府に、犯人の厳罰、被害者遺族の救恤、将来の安全の三項目を要求してきます。

五月二十七日、慰藉金二十万円（総額）を支出することがようやく決定します。長沙事件については、あくまで突っぱねる方針も決まり、これらを中国側に伝えたわけで。

王希天一万円と財産被害八千円、被害者人数五百六十人（一人三百円）十六万八千円。

中国側は一人につき三十万円を要求していました。一九二七年の南京事件では、殺された日本人二名に百万円支払われていましたからね。

南京事件とは、蒋介石ひきいる国民革命軍が南京入城に関し、一部が日・英・米などの領事館を襲撃、暴行を働いた事件です。対するに英米軍は砲撃をくわえていますが。

ところが、額を決めたものの、賠償は遅々として進まず、温州らの有力者たちが、幾度も、中国政府へ督促の文書を送っています。

二年経っても、金が支払われないため、温州、台州地方民らの排日感情は、ただならないものがあると清野杭州領事代理は、一九二五年二月、芳澤特命全権大使に電信を送っていますね。

芳澤大使の返答は、こうです。

清浦奎吾内閣から加藤高明内閣に変わり、幣原喜重郎が外相になってからは、一切解決法に関して具体的訓令が来なくなってしまった、ただ他の賠償事件と一括して話し合うこととなり、二回会合を持っただけで、その後、開かれることもなくなり、具体的討議には入らずにいるので、そうお含みおき願いたい、と。

結局、賠償はなされないまま、百年近く経ってしまいました。」

オサヒトは他の賠償事件と軽く言ったが、それは何か、調べてみると、大震災の前にとんでもない事件を日本軍は起こしていたのだ。

すなわち、一九二三年六月一日に起きた日本水兵による長沙事件。

長沙（チャンシャー）は日本商人雑居の街であったが、旅順（リューシュン）・大連（ターリエン）回収と二十一か条否認を掲げて、湖南（フーナン）外交後援会が結成され、日本商品をボイコットする。

そこで、趙（チャオ）湖南省長は、万一の場合は日本商人の保護に責任を持つと繰り返し、言明していた。

ところが、入港した日本汽船武陵丸、金陵丸に後援会調査員が検査に行き、降りてきた日本商人たちに学生を中心に市民らがデモを行ったところ、鎮圧すると称して、湘江（シャンチャン）に停泊していた軍艦伏見丸から、日本海軍陸戦隊がランチで乗りつける。

彼らは国際法を無視して上陸、隊長の突撃命令とともに兵士たちがデモ隊に発砲、抜刀して斬りつけ、多数の死傷者が出た。殺されたなかには、いたいけな小学生もいた。

「剣肉相摩（あいま）して狼藉を極め惨状言語に絶す。目下市民の憤激甚だしく全市罷業（ひぎょう）して形勢不穏」と趙湖南省長は、中国政府に打電、加害兵士の処罰、罷免と謝罪、賠償、日本軍艦の退去、以後このようなことが起きない保障を要求している。

「ほう、これまたヒドイことをやったものだ」

中国側の日本への要求は、まだある。

旅順・大連の租借期限は一九二二年で満了となったので返還せよとの要求だ。

中国の議会で、雷殷（レイイン）議員は、旅大が「北京の咽喉」であることは婦女子でもわかることであろうと政府を追及、中国政府も日本に迫ることとなったわけで。

賠償に関しては、中国側としては、大震災時の虐殺と長沙での虐殺とどちらも賠償を求めており、日本側は震災に関してはあくまで「誤殺」として金を払い、長沙は学生たちが挑発したので、日本軍は悪くないと突っぱねる方針を決めていた。

戦後の調査

結局、なんらの決着もつかないまま、中国への侵略戦争に踏みこんでいった大日本帝国。

関東大震災時の大島町での中国人虐殺は、戦後、仁木ふみ子の献身的働きによって、遺族の発見とインタビューから明らかになっていく。

「おう、朝鮮人虐殺では絹田幸恵さんが大きなお仕事をされたが、ここでもやはり女性が大きな働きをされたとは！」

大分県で一九二六年に生まれた仁木ふみ子は、高校教諭をしつつ、大分県教職員組合で活動、一九八三年には日本教職員組合婦人部長、そして定年退職後、この問題に真正面から取り組むこととなる。

まず温州の人民政府へ連絡をとったところ、温州ではこの事件を初めて知っておどろいたとのこと。

日本軍の侵攻と文化大革命によって、図書館資料も行政資料も失われ、町では知る人もいなかったのである。

海抜千メートルという辺鄙（へんぴ）な地に、仁木は三度も訪問、合計二十四の部落を訪ね、八十数人の生存者や遺族の話を聞いたのだった。

犠牲者たちの故郷は、甌海区沢雅（ツァヤー）県、瑞安市湖嶺（フィーリン）県、麗水（リーシュイ）地区青田県、三県の境に接する山地に点在していたのだ。

「検証の旅であり、謝罪の旅であった。」と仁木は述べている。

「先生は、私でもためらう雪深い坂道を、断固として、いえ、行きましょう、と行かれたのでした。」

しみじみ追憶された温州の遺族代表の方。

なにしろ市から車で二、三時間、そこから徒歩での山登りを二、三時間、温州の生存者・遺族たちはひっそり暮らしていた。

そして、坑源（カンユエン）にたどりついて、大島八丁目の唯一の生き証人、黄子蓮の忘れ形見、黄順斌（ファンジュンヒン）（当時六十六歳）に会えたのである。事件のことは、日本軍が攻めてきたとき、母が死に際に話してくれたといい、辛い思いをさせたことを仁木が謝ると、あなたのせいじゃない、とほほ笑み、ごはんを食べて行ってよと言う、純朴な人であった。

仁木は、翌日には、他の地にも行って黄子蓮について知っている人びとからさまざまな話を聞いた。

人に送られて同郷会からもらった慰問袋ひとつ持って帰ってきた黄子蓮は、耳が断ち切られ、頭にも傷、化膿していた。

彼は蓮田（はすだ）に隠れて助かったので、蓮の葉は命の恩人だと干して記念に持っていた。地震の時、日本人は中国人を連れ出し、地震だ、伏せろと言って空地に伏せさせておいて、鳶口のようなものでひとりひとり叩き殺したという。

家族が帰ってこない人びとが、山を越え、弁当持参で彼の話を聞きに来た。

二、三年後、彼の傷口はひどく化膿し、全身が腫れて吐血する、洗面器に吐いた血を山に持っていって捨てるのが仕事だった、医者にも見せられず、だんだんひどくなって死んだ、と話す黄志森（ファンジシエン）の娘、黄砕乃（ファンツィナイ）。

仁木ふみ子は、遺族たちにも会い、三河島、南千住、神奈川あるいは玉川にいた生存者にも会った。横浜で日本人の家に住んでいた林賢巧（リンシエンチャオ）は、日本警察が毎晩二回調べに来たと言い、半月後、日本人の親方が、朝六時に自分たちを連れて道路工事に出かける途上、日本人たちが「強盗に行くのか」と罵（ののし）り、彼を斬り殺したと話した。それから林たちは、数珠（じゅず）つなぎにされて横浜の警察署に連れて行かれた。親方の奥さんは二十三歳だったという。

横浜に当時いた朱才坤（ツウツァイクン）。川崎の橋の上には多くの死体が横たわり、川面にも死体が浮かんでいた。殺されたもの、逃げながら突き落とされたもの、死体の上を踏んで逃げた。同郷の油竹（ヨウヅウ）の人、数十人が死んでいる。

地震のあと、外へ出て行ったら、遠くから日本人が鳶口か何かで人を打ち殺しながら来るのが見えた。そのなかに一緒に仕事をしたことがある顔見知りの日本人がいて、「早く逃げろ」といい、他の二人が聞きつけて「お前の知ってるやつか」「そうだ」「まあいいだろう」と放された。

仁木に、彼は言う。

「日本人は外で人さえ見れば殺した。家の中もくまなく探し、床下にかくれている者もひきずり出して殺した。」

彼らは王希天のこともよく覚えていて口々に、いい人だった、と語った。

いつも面倒をみてくれた、工賃をもらえないで困っていると助けてくれた。大島に住んでいて、地震のときは青森へ雨傘の行商をしに行っていて助かった葉錫善（イエシーシャン）は、語る。

王希天はよく宿舎に来て、労働者を集めて話した。バクチをしてはいけない、衛生に注意しなさい、などと。

「警察が来ると労働者は不安になるが、王希天が来れば安心する。彼がいれば、警察もいじめないで帰るから。」

彼はみんなのためにつくして死んだ。日本人はかれをボスだと認めているから、おおっぴらに殺すことができず、暗殺したのだ。


温州からさらに車で二時間余、降りてからもう車は無理な坂道を二時間登りつめた麻宅でも、村長の家に人びとが集まり、ロウソクの灯りの下で話を聞いた仁木。

「真っ暗なところで撮った写真が本に出ていますね。麻宅にたどりついたところらしい。」

「全く他と隔絶した麻の砦という感じだったと書いていますね。」

「切り立つ崖の急な坂道を運転手に支えられ、足元を懐中電灯で照らしてもらいながら降りたとは、全くよほどの気持ちがなければできないこと。エライ女性がいたものだ。」

感嘆しきりのオサヒト。

当時七十四歳になっていた張岩坤（チャンイエンコン）は、仁木に告げる。

「父と叔父が一緒に日本に働きに行って二人とも殺された。父が死んだあと、兄弟五人残り、働く人がいないので、男の人に来てもらったが、毎日子どもを虐待した。母は男と出て行った。兄弟は柴を拾って売ったが、食べるものがなく、四人とも死に、私一人生き残った。」

山にへばりついたような部落、方山山根（ファンシャンシャンゲン）にも仁木は寄っている。

そして、道ばたで一人のおばあさんから「日本人があやまりに来るのを長い間待っていたよ」と言われた。

仁木は、温州で王希天の殉難記念碑の跡を見つけた。長春にも吉林にも当時、王希天に関するものは何一つなかった。温州方言で、ヨシティと呼ばれる王希天。

「ヨシティは今も温州の山地の人々の心に生きる。王希天は労働者と共に温州の地に在るのがいちばんふさわしい」と感慨深く想う仁木は、日本軍占領時に倒された記念碑再建を思い立ち、華工殉難者追悼も加えた記念碑建設のために、「関東大震災の時殺された中国人労働者を悼（いた）む会」を立ち上げ、華蓋（フウアガイシャン）山山頂に碑を作り直す（一九九三年九月三日、再建）。

日本軍は一九四一年、四二年、四四年、三度も温州に侵攻していたのだ。その都度、略奪、荷役のために拉致、強かんをおこなった。

仁木はまた、一家の大黒柱を失い、貧に苦しむ遺族の子どもたちを就学させるための温州山地教育基金を設立、被害者遺族の子弟の就学援助をおこなう。

方山では、くわえて文化大革命によって教育は荒廃、小学校は三年生までしかなく、教師は代用教員だけ。教材とて何一つなく、オルガンはもちろんアコーディオンもなかったのだった。

碑の除幕式には、遺族の子どもたちに就学資金が贈られた。

二〇一六年五月、追悼する会のメンバーは、実際にこの資金によって就学できた二名を見つける。今、広告会社をいとなむ陳相敏（チエンシアンミン）も、黄愛盛（ファンアイチアン）も就学援助を受けていたが、その資金が仁木たちから出ていたことを全く知らなかったといい、はじめて知って「実際の加害者でないのに、償いをしてくれて、良心的な日本人だと思う」と語っている。

来日した遺族たち

ふと思い出したようで、オサヒトが尋ねる。

「そういえば、東京に来た温州遺族の人たちの証言を聞きましたね。あれはいつだったか。」

「二〇一六年九月四日ですよ。韓国ＹＭＣＡ国際ホールで一緒に行ったじゃないですか。

ええ、主催は、『中国人受難者を追悼する会』。

仁木ふみ子氏が二〇一二年五月に亡くなられたあと、二〇一三年五月二日に、一橋大学名誉教授の田中宏氏が代表となって設立されています。花岡（はなおか）事件の被害者追悼にも力を尽くした在日中国人・林（リン）

伯耀（ポーヤオ）氏も主なメンバーですね。そして、温州遺族にコンタクトを取ったのは、在日中国人・朱弘（ツウホオン）氏だったようです。

会場には、朝露館館主の関谷興仁（せきやこうじん）が制作した《悼》の陶板が、正面に据えられてあって、その前で参加者たちは花を捧げていましたよね。」

亡霊もボケるのか、とおかしくなりながら、答える。

二〇一六年、来日した遺族は、温州桂川（グイチワン）村のひとたち。十九名が惨殺され、辛うじて生き残った二名が惨状を村に伝えたのであった。

代表で挨拶した周江法（チョウヂャンファ）は、祖父・周瑞楷（チョウルイカイ）と、その兄弟、周瑞興（チョウルイシィン）、周瑞方（チョウルイファン）、周瑞勲（チョウルイクアン）四名を失っている。

「一九二三年冬、日本からの消息があり、十八名殺害の報に、当時三十戸、百人いた村はいずこも悲憤にたえず、慟哭（どうこく）する声は幾月にも及びました。非情は延々十年も続いたのです。

祖父が殺害されたとき、私の父、周錫昌（チョウシーツァン）は、わずか三歳でした。私の祖母は落胆して病み、翌一九二四年亡くなりました。わずか二十四歳でした。

幼くして私の父は、日本人によって父を毒害され、四歳で母をもまた失いました。

孤児となった父は、辛うじて曾祖母に養育されたのです。

祖父の骨はなく、祖母のみ大坪山（ダーピンシャン）上の墓に埋めました。」

曾祖父の林岩傑（リンイエンジェ）（当時三十六歳）を失った林俐（リンリィー）。

「……訃報に、村全員が慟哭の渦に巻き込まれました。その悲しみにより、曾祖母は何回も気絶してしまいました。当時、祖父は僅（わず）か十歳、その二人の妹は六歳、三歳でした。子どもたちを養う重圧は、一気に曾祖母の肩の上に圧（お）しかかりました。時間は、永遠に一九二三年に止まり、永遠に日本という国に奪われました。わが曾祖父と村の先祖たちは愛する家族に永遠の悲哀を残して、愛する家族から永遠に去っていきました。

　私はこの場に立ちながら、先祖たちの視線に浴びせられているような気がしています。先祖たちが異国で無惨な死、無限な怨恨（えんこん）を訴えているような気がしています。一九二三年のあの日、彼らはまだ若かった、親孝行をしなければいけなく、子どもたちを扶養しなければいけませんでした。彼らはごく普通の労働者であり、ごく僅かな収入を得て家族の腹を満たさなければいけませんでした。彼らは社会の底辺に働く小さな存在に過ぎないが、日本政府に無惨に虐殺されてしまいました。

　子どものとき、両親に『永遠に、一家の悲劇を肝に銘じろ！』と教えられました。日本政府は未だにその罪を認めていません。我々は平和を希求し戦争を拒絶していますが、被害者の子孫としてはまず、歴史の真相を明らかにし、日本政府が犯した残虐な罪を追及して、先祖たちの怨念（おんねん）を晴らさなければなりません。私はこの場を借りて、日本政府に対して国家としての責任を果たし、九十数年前に内閣が決定した賠償案を実行し、死んでも目が閉じられないわが先祖たちに正当な償いを果たすように訴えます。」

　四十七歳だった祖父を失った周松權（チョウソンチュアン）は、それぞれの家族が大黒柱を失ったことで、じり貧のドン底に陥り、病死、餓死、衰弱死、家族の離散にいたったと述べ、

「私たちは二〇一四年に請願書を提出し、二〇一五年には督促状を日本政府に渡しましたが、日本政

府は未だに回答していません。もし、日本政府から合理的な回答がだされなければ、我々は最後まで闘うつもりです。

我々は日本政府が、一九二四年に内閣決議した賠償方針に従い、相応する賠償をするよう求めます。歴史の真相を明らかにして、受難した七百数名の中国人労働者や行商人のために記念館、記念碑を建てるよう求めます。（後略）」と。

女性通訳かと見えたやさしい面持ちの学者、鄭楽静（ヂァンユエヂン）は、現地に入っての調査結果を「中国人受難家族の歴史を調べる旅」と題して、大略以下のような発表をされた。

「林岩傑さんは、借金して日本へ行き、殺される。そのとき長女は十歳、次女は三歳。妻は纏足（てんそく）で働けず、やむなく長女をトンヤンシーに出し、物乞いして生き延びた。泣いてばかりの母に、次女の玉英（イーイン）さんは十歳になったとき、働き出す。竹を砕いて干し、トイレの紙にしてゆく仕事。竹を砕くとき、はねて危ない。今、百歳に近い彼女は、『今さら遅い！』と怒った。（話す林の映像も紹介された。）

生存者も、暴徒に殴られてあちこち傷だらけとなり、今も日本人を見ただけで体が震える、と。

上野美術学校のそばを歩いていて、急に囲まれ滅多打ちにされ、負傷した薛能貴（シュエナングイ）さん。

鶴見と東京の間のどこかで襲撃され、両足、両手を骨折、朝鮮人の遺体の中に放り込まれた陳善慶（チエンシアンチン）さん。日本人の妻が駆けつけ、『夫です』と言ったため命は助かったものの、ほとんど歩けず、背も足も反り返った状態。帰国したが働けず、物乞いし、山菜を食べるだけでカマドは閉じたまま。娘をトンヤンシーに出し、息子は軍隊にやり、妻は飢え死んだ。

纏足していた妻が多く、兄弟・従兄弟が入り婿となったり、まだ子がなかったため、家譜を見ると養子が多い。

林慶聚（リンチンジィー）の孫、林宝松（リンパォソン）さんの場合。父が六歳のとき、祖父が殺され、大みそか、借金を返せず、山・土地を売って、纏足の祖母は父を抱いて家を追い出され、食べるものもなかったと聞いている。」

「あのとき（二〇一六年）、八人の来日はなかなかビザが下りず、ぎりぎり八月三十一日に下りたそうでしたね。外務省の嫌がらせでしょうか。

二〇一七年は、わたしたちは行けなかったが、やはり遺族が来日されたそうですね。」

「ええ、でも、事務局の川見一仁（かわみかずひと）さんから、報告集をいただいたので、それを読んでみましょう。」

「では、わたしが要点をまとめてみましょうか。」

オサヒトが乗りだしてきたのを、これ幸いに報告集をわたし、彼の発表を待つ。

「二種類の訪日団が結成され、九月に日本を訪れていますね。

まず、九月二日から四日。受難者遺族連合会が来日。

祖父が殺された孫が二名。曾祖父が殺された曾孫・曾媳（ひいよめ）が五名という内訳です。

他に温州市歴史学会会長。

一同は、二日、現地の大島六丁目、八丁目の現場を訪れ、黙とう、王希天が殺された逆井橋、僑日共済会跡も訪ねています。

午後には、荒川河川敷横の朝鮮人追悼碑に参拝、河川敷の韓国・朝鮮人犠牲者追悼式に参加。そこで、曾祖父・黄元友（ファンユアンイウ）を殺された黄愛盛が、代表で次のように挨拶しています。

『私たちは遠い距離に離れています。また、同じ民族ではありません。しかし今日だけは、私たちは一つの家族になります。私たちの先祖は、同じ悲劇に遭いました。

私のひいお祖父さんは、この東京であの日に惨殺されました。子どものときに、自分のお祖父さんから話を聞きました。今回初めて日本に来て、先祖が殺された場所を訪問しました。これまで耳で聞いていたことを、目で確認して、本当に感慨深いです。

先程私も朝鮮人追悼碑にお参りしてきて、哀悼の意を表してきました。そしてここで、皆さまと一つ場所にいます。これだけの規模で、長い歴史をもって追悼活動を行ってきた素晴らしい方々が集まっている。皆さんは、私の勉強の糧になります。

これから私たちも、皆さんと一緒に闘っていくつもりです。』

三日には、全水道会館で集会がもたれていますね。

そこで、黄愛盛氏は代表でのスピーチで、二〇一四年九月八日に日本政府に提出した四項目の要望書を読み上げていますので、紹介しておきましょう。
1、日本国家の責任を全うして歴史事実を認め、一九二三年関東大震災時に虐殺された中国人労働者、商人とその遺族に謝罪すること。
2、一九二四年の日本政府内閣が決定した賠償案に基づき、それを現行の国際慣習や物価水準に従い、修正して受難者の人数に合わせて賠償を実施すること。
3、歴史を鑑とし、次の世代に歴史真実を伝えるため、加害現地に於いて中国人と朝鮮人被害者の記念館、記念碑を設立すること。
4、日本の歴史教科書にこの事実を明記し、日本人若者に真実を伝えること。

そのほかに、温州で惨案（ツァンアン）記念館を設立し、温州地方史に記入することもあげていますね。そして中国では研究センターが誕生しており、積極的に遺族探しを行いたいこと等を述べたあと、日本政府、東京都を動かして『労働者受難記念日』を設け、類似の事件が起きないよう警鐘を鳴らすことを望んでいると述べ、『正義は必ず勝つ、邪悪は必ず敗北すると信じる』と力強く結んでいます。先には花岡事件、今、大震災虐殺に力を注いでいる在日中国人の林伯耀氏の発表も心打たれるものがあります。

まず父親にじかに聞いたのでは、当時、呉服の行商人だった父親は、大震災時、周辺が非常に緊迫してきたため。同郷人に声をかけ、福建（フーチエン）省福清（フッチャン）県の仲間十四人が京橋のところに集まった。そのとき、二、三人の日本人が守ってくれています。

父親たちは日比谷の警視庁に行き、自分たちを保護する義務があるだろうと迫ったところ、建物は被災し日比谷公園に仮事務所をかまえている状態だから、身の安全を保証するものを何も書いてやれないと言う。とにかく外が怖いので、仮事務所にはかなり囲った場所があるはず、そこへ泊まらせろと談判。仮事務所へ移動するのにも、自警団らしい人たちが『あの支那人を捕まえろ』などと騒ぎ、非常な恐怖を感じたそうです。仮事務所の囲いの中に一晩か二晩坐りこんだ間、日本の友人たちが守ってくれたとのこと。

父の話がずうっと気になっていた林さんは、福建省福清県の遺族探しを始め、ようやく七人見つかったといい、七人中、二名は殺され、五名が傷つきながら帰ってきたんですね。

帰ってきた一名は上野の美術学校付近で襲われた。身体が動けないくらい殴られたが、同胞たちに助けられてなんとか故郷にもどったものの、働けない体になってしまい、生涯『日本』という文字を忌み嫌っていたそうです。

二〇一七年、新たに見つかった人は林振栄さん（当時四十歳）の遺族三名。『奥さんの曾松和（二十九歳）、雪子（九歳）の家族、三人とも月島の交番の前で自警団に襲われている。九歳の子どもを含めて家族全員が襲われ負傷している。この時林振栄さんはすでに日本に帰化して吉田姓を名乗っていたのです。（後略）』と。

林伯耀氏は、当時の外務省条約局が、『内乱または暴動による不法行為と国家の責任』について外国の事例を調べ、『官憲がその領域内に在る外国人の身体財産の安全を確保するの義務を尽くさざりしものと推定し、国家は賠償の責任を有する』と判定しているゆえに、当時賠償決定をしたのだと言い、今、『日本政府はこの事件の道義的法的責任を逃れることはできません』と主張しています。」

「ところで、九月十二日には、王希天の孫の王鉦強と孫娘の王旗ほか『王希天烈士紀念日本訪問団』がやってきましたね。

この一行もまた、大島町と逆井橋近く訪ね、中川に花を捧げたのでした。

『山河慟哭』（第5号）報告集は、終わり近くに、日中友好に生涯を捧げ、三十三回、南京を訪れていた白西紳一郎を追悼しています。」

「あ、その方を花岡平和友好訪日団歓迎の席で、御見かけしていますよ。乾杯の音頭を取られていました。」

「日中協会理事長をやられていたのですね。」

「一番印象に残っているのは、玄奘三蔵（げんじょうさんぞう）の〝不至天竺（てんじくにいたらずば）、終不東帰（ついにひがしにかえらず）〟に倣って、〝不東西行〟を実行されており、なんとご自分が組織した『緑の献植団』を三十三回南京に連れていかれたと話されたことでしたね。」

「中国訪問自体は、六百回に近いそうです。

毎日新聞のオピニオン欄の彼を悼む記事（２０１７・11・22）には、白西氏が五歳で被爆していること、〝前事不忘（ぜんじをわすれざるは）　後事之師（こうじのしなり）〟を心に刻み、『過去の歴史から学ばなければ、関係を良い方向に進めることは難しい。』『何度も顔を合わせ、相手が来てほしい所に足を運んでいれば、言葉は分からなくても誠意は伝わり、覚えてくれる。その積み重ねが大切』と常々教えてもらったと書いてありますね。」

「中文導報の記事（２０１８・２・26）には、唐家璇（タンヂアシュアン）の述懐が載っていて、『白西先生は、終始戦争に反対し、歴史の原則を忘れず、命の最期まで中日友好に尽くされた。そのあたたかな笑顔が眼前に浮かんでくる』と追悼されていますよ。」

「仁木さんにしても白西さんにしても、人と人との真摯（しんし）な交際が、国境を超えた友情をはぐくむ、それが本当に大事なのですね。」

＊

「二〇二二年十一月十二日、朝露館（益子）で、林伯耀氏の講演を聞きましたね。来年（二〇二三年）は、虐殺百年目を迎える年、杖を突きながらはるばる神戸からいらして、少年時、お母さんに付いて出かけた古着の行商で、罵倒され、犬をけしかけられ、品物を泥まみれにされた辛い体験を、まず話されました。

周到に用意されたプリントを繰りながら、切々と説かれる氏の話は、ずんと心に迫ってきましたね。」

「たしかに。プリントの冒頭に記された伯燿さんの思いを、最後に紹介しておきましょう。」

百年前、官憲の主導下に、軍隊、警察、民衆によって敢行された他民族大量虐殺事件を、今こそ日本社会総体がこの歴史の事実に誠実に向き合い、犠牲者の尊厳の回復に努めねばならない。その作業は容易ではないが、今後どれだけかかろうとも続けねばならない。

さあ、百年前、あの排外主義の嵐の中で、不意に襲ってきた竹槍で、鉄棒で、鳶口で、銃剣で、突かれ、なぐられ、撃たれ、虐殺されていった全ての犠牲者の魂の前に、我々は深く静かにこうべをたれよう！

彼らを襲った恐怖、彼らが受けた苦痛無念、彼らの行き場のない怒り、彼らの絶望的な悲しみとふるえた心臓の鼓動を我々のものにしよう！

そして憂う、二度とこのような悲劇の再演を許さないと！

第四章 関東大震災時の亀戸事件ほかを追って

亀戸事件の犠牲者（『亀戸事件の記録』より）

「ところで……」とオサヒト。

「官憲は朝鮮人、中国人のほかに、日本人も殺害したというではありませんか。」

「十五円五十銭、あるいは歴代天皇の名が言えなかったとか、身なり、風貌、言葉つかいなどで間違われて殺されたもののなかにはいたようですが、意図的に殺害されたのは、いわゆる亀戸事件、南葛労働会の人びとでしょう。」

「ほう、亀戸事件、ですか。」

近くにあった『日本史広辞典』（山川出版社）を繰っているオサヒト。

「あ、出ていますね。

『1923年（大正12）9月、関東大震災のときに亀戸警察署でおきた警察・軍隊による社会主義者虐殺事件。ほかに朝鮮人や自警団員4人も殺された。

震災発生後の戒厳令下の4日、自警団として立番中の木村丈四郎ら4人が警官に暴行を加えたとして検挙され、習志野騎兵第13連隊の兵士に刺殺された。

同じく救援活動に従事していた純労働者組合の平澤計七、中筋宇八、南葛労働会の川合義虎ら8人も3日亀戸署に捕らえられ、留置場で革命歌を歌い、他の留置者を煽動、警察の手に負えないとして騎兵隊に虐殺された。事件は厳秘にされていたが、甘粕(あまかす)事件第1回公判の際に表面化、10月10日公表され、社会的反響をよんだ。』

こう書いてありますね。」

「えっ、それはだいぶ事実と違うみたいですよ。

私が持っているのは、『亀戸事件の記録』という本ですが、留置場で革命歌を歌ったなんて、でっち上げだと書いてありますよ。辞典の発行年はいつですか。」

「ええと、一九九七年発行です。」

「こちらの本は、国民救援会発行（一九七二年）ですが、読んでみて説得力がありました。

エライ学者先生方の辞典のほうが、疑わしくおもえます。

事実と違った記述が、辞典に大きな顔をして載っているとすると、問題ですよね。」

「では、その本に依って、亀戸事件を説明してみてください。どちらが正しいか、それから判断しましょう」とオサヒト。

いかにももっともなので、拙い講釈をはじめることとする。

『亀戸事件の記録』を読んで

『亀戸事件の記録』は、「亀戸事件犠牲者之碑」と刻まれた碑を、四十七周年記念事業として亀戸の浄心寺墓地内に建てた建碑実行委員会が、編集委員会（代表・酒井定吉）に委嘱したものです。

冒頭に碑の写真が出ています。

裏面の碑銘（袴田里見筆）を読んでみましょう。

「一九二三年（大正十二年）九月一日関東一帯を襲った大震災の混乱に乗して天皇制警察国家権力は特高警察の手によって、被災者救護に献身していた南葛飾の革命的労働者九名を逮捕、亀戸警察署に監禁し戒厳司令部直轄軍隊に命じて虐殺した。惨殺の日時場所ならびに遺骸の所在は今なお不明である。

労働者の勝利を確信しつつ、権力の蛮行に斃れた表記革命戦士が心血をそそいで解放の旗をひるがえしたこの地に建碑して犠牲者の南葛魂を永遠に記念する。

一九七〇年九月四日　亀戸虐殺事件建碑実行委員会」

次ページには、虐殺された九名の肖像画が載っています。

次には亀戸事件葬儀出発前の写真（一九二四年二月十七日）。そのなかにふっくりした一人の幼子が写っているのが目立ちますね。平澤計七の娘です。背後には「虐殺セラレタル革命戦士ヲ葬フノ日」の大きく書かれた紙。

まず、九名の氏名と略歴を簡単にあげておきましょうか。

川合義虎　享年二十二。

父は、足尾銅山鉱夫。一九〇七年足尾銅山ストライキで投獄される。以後、秋田・椿鉱山、茨城・日立鉱山を転々。

一九一八年、小学校卒業後、鉱山付属の鉄工場で旋盤の仕事。翌年上京、社会主義同盟に加わり、同年十二月市ヶ谷監獄に五か月留置。

一九一九年亀戸へ。吾嬬町の帝国輪業で働く。十一月七日、ロシア革命記念日に南葛労働会を創立させる。組合員の知的開発に力を注ぐ。

加藤高寿　享年二十七。

栃木県矢板町の寒村、中農の家に生まれる。

十四歳で上京。自由労働者となって立教中学へ、教師に反抗、退学処分に。四つ木千草セルロイド工場で働き、全国セルロイド職工組合に参加、解雇。新聞配達をしつつ、種々のストライキに参加、一九二一年には一年六か月の懲役刑。南葛労働会創立委員。当時はメッキ工。

山岸実司　享年二十。

長野県大屋の寒村に生まれる。幼い時上京、学校は小学二年まで。十二歳で深川の紙屑問屋の小僧、十五歳で小さな鉄工場の旋盤工見習い。一時、不良少年の首領になり、遊廓へ通うも、帝国輪業へ勤務して川合義虎に感化され、南葛労働会に入る。亀戸第一支部長。

吉村光治　享年二十四。

金沢市上有松町に貧農の二男として生る。小学五年のとき、京都市内の金箔製造の箔打業者の丁稚になる。十七歳で金沢に帰り、書店の店員、十九歳で上京、エボナイト加工のろくろ工見習い。年季奉公を終え、兄の南喜一が友人と共同経営する工場へ。

帝国輪業の旋盤工であった弟・南巌の影響で、社会主義の研究会へ。南葛労働会創立に加わり、ゴム関係の化学労働者を組織、巌が組織した帝国輪業の労働者とともに吾嬬支部を結成（光治は支部長）。敵をつくらない説得型タイプ。

北島吉蔵　享年二十。

父が秋田県小坂鉱山鉱夫のとき、生まれる。以後、父に付いて鉱山を転々、転校六回。茨城県日立鉱山で小学校卒業。少年職工となる。友愛会日立支部に入会。馘首され、川合の後を追って上京。十八歳で南葛労働会の創立メンバーとなる。休日を利用して秋田、信州へ出かけ、農村青年との共同作戦に奔走。

一九二二年、ソ連のヨッフェが上陸のさい、横浜に直行し、官憲を追いのけて油まみれの手で「タワリッシー ヨッフェ」と握手。

近藤広蔵　享年二十。

群馬県群馬郡元総社村生まれ。高小卒。肥料問屋の店員をへて、十九歳のとき上京。小松川の鉄工場で働き、些細なことで解雇され、実業家への夢破れ、コンミュニズムの研究に没頭。亀戸第二支部長として大小のストライキ応援に参加、しばしば検束される。

平澤計七　享年三十四。

新潟県小千谷町出身。小卒。日本鉄道大宮工場の職工訓練所へ。近衛歩兵第二連隊入営、除隊後浜松工場へ。小山内薫の推薦で戯曲『夜行軍』発表。鈴木文治らの友愛会の運動を知り上京後は、大島スプリング工場で民衆劇団立ち上げ。一九一九年友愛会を抜け、純労働者組合結成。大島町の寄席で自作の労働劇上演。一九二三年、労働組合同盟会の機関紙常任委員。

争議・団体交渉を描いた『一人と千三百人』は、立ち上がる労働者の闘いを描いた草分けの作品。

鈴木直一（すずきなおいち）　享年二十四。

茨城の炭鉱で生まれる。五月に上京したばかりで、川合義虎方に下宿。都会に馴れず、おとなしかった。

佐藤欣治（さとうきんじ）　享年二十二。

岩手県江刺郡田原村（たわらむら）の貧農の二男。県立蚕糸（さんし）学校に学び、卒業後、勉学したいため、上京。早稲田の講義録で学ぶ。自活の道をもとめて南喜一経営のエボナイト挽物（ひきもの）工場へ。万年筆の生地のパフ磨きになる。

吉村光治と知り合い、南葛郎総会に加入。吾嬬支部委員になる。吉村の住まいに寄寓。

「ほうっ、全員根っからの労働者ですか。しかも、なんという若さで活躍し、殺されてしもうたのか。」

およそ労働とは関わりなく生きたオサヒトが、呆れたように声を上げる。ま、それは私も似たようなもので。

「生きてあれば、それぞれどんなにか成長したであろうに……」

九名は、検挙されたあと、杳（よう）として行方がわからなくなりました。川合義虎の義母（川合タマ）が、心配で署に行くと、高等係は、口々に八日に釈放したといい、どこかに隠れているのだろうとも言います。

川合らが亀戸署に拘引されたあと、タマ親娘はいったん故郷の新潟へ帰ったものの、川合のことが心配で二十一日に東京へもどってくるのですね。

そして留守中、高等係刑事らしい人が、向かいの家にやってきて、川合の伝言を家族に伝えてほしいと言ってきたと知って、三日ごろ、亀戸署の高等係に面会に行き、川合の安否を尋ねていきました。

弁護団の聴取書で、タマは次のように述べています。

タマに、北見高等係曰く「八日ニ釈放シタ筈ダ」

安島高等係曰く「釈放後ハ皆ナ何処カへ隠レテ居ルノダロウ」

タマ「義虎ハ多少ノ小使銭ヲ持ッテ居タ筈デスガドウナッテ居ルカ御存ジアリマセンカ」

安島、タマに向かって「オレノ嬶ニナレ」

なんとも許しがたい放言ではありませんか。

「アナタ方ハ義虎ノ行衛ヲ知ッテ居ルノデセウ、知ラセテ下サイ」と迫るタマに、安島は「義虎ハ今頃ハ大杉ノ処へ行ッテ相談デモシテ居ルダロウヨ」と人を馬鹿にしたような応対しかしません。

高等係の部屋には、肉鍋や酒壜があったそうです。

その後、何回か、大西刑事やら小林刑事、稲垣刑事らが、タマのもとへ訪ねてきて、「川合はどうした？　しらせはないか」というのです。

その頃、川合らは殺されたとの噂が広がっており、「アナタガタガ殺シタデショウ」と迫るタマに、「馬鹿ナ！　ソンナニ人殺ガ出来ルモノデハナイ」と苦笑して帰っていったといいます。

加藤高寿の妻、加藤たみに対しても、亀戸署の対応は同様です。

加藤夫妻は、家が倒壊、家の下敷きになりながら、何とか這い出し、一命を取り留めるのですが、怪我をしています。

背中と腰を怪我したたみは、四日、不自由な身体で杖をついて亀戸署に六名の事情を訊きに行っています。

安島刑事が出てきて「六名の者は本庁に送ってしまった」と言い、本庁は焼けた筈ですが、と言うたみに、「それでも本庁へ送ったんだ」と言い張るのですね。

いつまでも高寿がもどらないため、いったん故郷の栃木県へ戻ろうと思い、九月二十七日、証明書をもらいに亀戸署へ行きます。

すると、蜂須賀刑事というのが、「亭主を持ったらいいだろう」と言い、すぐ「しかし亭主を持ったら加藤が帰ってきてから怒られるだろうな」とおちょくったのでした。

加藤が殺害されたことがわかった後、たみが、加藤が生前働いていた大正鉄板鉱金合資会社へ賃金の残りを受け取りに行くと、会社は次のように言ったそうです。

「加藤は一度も欠勤したこともなく、温厚な口数の少ない他の職工の模範職工であった。その性向については工場でいつでも証明してあげます」と。


九名はどのようにして逮捕・殺害されたのか。

九月三日、夜十時半頃、南葛労働会本部（川合宅）に憲兵、特高、巡査がやってきて、土足のまま、一階二階に寝ていたものたちを叩き起こし、勾引したのです。

ここで連行されたのは、川合、北島、加藤、近藤、山岸、鈴木の六名です。

吾嬬支部事務所から勾引されたのは、平澤、吉村の二名。

佐藤欣治は、吾嬬町の香取神社付近で朝鮮人とともに捕まり、たまたま通りかかった南巌（吉村光治の弟）が、彼は日本人だと抗議したところ、証明書を持ってこいと言われます。（朝鮮人連行は見逃している限界がありますが。）

町役場へ行って証明書交付を頼んだら、君たちの証言で充分なはずと言われ、戻ってその旨を伝えると、今、調査中だ、じきに帰す、と言われましたが、そのまま戻ってはきませんでした。持っていた二十三円の給金、新調の洋服も遺族に渡されていません。

ところで、亀戸署で彼らが、革命歌を歌って他の留置者たちを扇動したとされている出所は、実に一九二三年十月十一日、読売新聞に載った記事を鵜呑みにしたものといえます。

その記事は、警視庁官房主事・正力松太郎（しょうりきまつたろう）が、内務省と相談した結果、「世人の疑惑を解くため」作り上げ、発表したものを、そのまま載せているという代物です。

見出しは、

「拘引から殺害まで
付近警団員が亀戸署に引き込む
××歌を高唱して刺さる」

とあり、以下次のように述べています。

九月三日夜、川合宅付近の警防団が亀戸署にやってきて、川合らが、屋根の上に登って「我々の時代が来た、帝都の××や資本家の亡滅を祝福しよう」と怒鳴り××歌を高唱するので不安だ、と告げたため、署長が部下に命じて川合を拘引した。

また、佐藤、中条は大島警防団から××と見誤られ亀戸遊園地の詰所で調べると、過激思想を持っている職工とわかり、勾引。

騒ぎを知らず川合宅へやってきた平澤ら六名は、これまた自警団に捕まり、署に連行された。

亀戸署では、彼ら十名を四日夜まで、何事もなく階下の留置場に入れていたが、監房のなかで××歌を高唱する騒ぎに、署では当時検束者が七百七十名ほどいて、事あれば騒ぐような危険な状態にあったため、署長は署の前の亀戸郵便局に駐屯していた近衛騎兵第十三連隊に来てもらい（少尉一名、兵卒五、六名）、平澤らを中庭に連れ出して「静粛にしろ」と言った。と平澤らは一斉に「お前たちは資本家の走狗として俺たちを殺すのだろう」と叫び、問答が二三続くとみるや、「××を見ずして死ぬのは残念だ」と絶叫。一斉に××歌を高唱、銃剣に刺されて死んだ。

当然の処置という古森亀戸署長の談話も載せてある。

「周囲が殺気だっているなか、騒ぎ、扇動し、革命歌を歌ったり、鬨(とき)の声をあげて騒ぐので、軍隊に鎮圧を頼んだのは当然で、軍隊の処置も止むを得なかったと思う。

死体は、管内だけでも何百とあったので、七日晩に、荒川放水路のそばで一緒に焼き捨てた。」

しかし、この発表は真っ赤なウソでした。

「ほう、どうしてそう言えるのですか」

当時、署内に勾留されていた全虎岩(チョンボムアム)。彼への自由法曹団での聴取書(松谷法律事務所)が、真実を語っています。

全虎岩は、南葛労働会の組合員。亀戸のヤスリ工場で働いていて、二日、朝鮮人への暴行がはじまると、ヤスリ工場の労働者たちが心配して、二日は工場の中で守り、三日午後四時頃に十数人の労働者たちが同行して、亀戸署に保護を求めたのです。

ここには日朝の労働者の連帯が生きていたのですね。

で、六日午前五時頃まで亀戸署の奥二階の広間にいた全虎岩は、署内の情況を次のように詳しく述べています。

部屋にいたのは、二十人ほどで、皆朝鮮人。一日二食。

四日朝から朝鮮人が多数入ってきて百六十人位、足を伸ばすことも出来ない状態だった。

四日朝、六時頃、便所に行ったところ、そこへ行く道の入口に兵士が立ち番していて、そこに七、八人の死骸や半殺しの朝鮮人にムシロをかぶせてあった。そして、横手の演武場には、縛られた朝鮮人が血だらけになって三百人くらい居た。また、演武場の外側には中国人が一列にされて、軒下に五、六十人くらい、坐っていた。

四日の晩、暗くなってから、銃の音がポンポン夜明けまで聞こえてきた。自分の居た二階の下の方角に聞こえた。つまり立ち番していた兵士、ムシロを被せた死骸の置いてあったあたりからだ。

その夜は銃声ばかり、人の騒ぐ音なぞ少しもしなかった。一人だけ泣き叫ぶ声が聞こえただけ。それは朝鮮人の声で夜明け方だった。悪いこともしないのに殺されるのは国に妻子を置いてきた罪だろうか、貯金はどうなっただろうと言うようなことを言って泣き叫んでいた。

立ち番の巡査から、昨夜は日本人七、八名、朝鮮人十六名殺された、日本人も悪いことをすれば殺される、お前たちも悪いことをすれば殺されるから従順にせよ、と言われた。

このとき、巡査が三人で立ち話をしていて、何気なく聞いていたところ、南葛労働組合川合という言葉が漏れ聞こえてきた。川合とは知り合いであったから恐ろしくなった。

五日、便所に行くと、日本人らしい三十五、六歳の男が二人、裸で手を縛り、立たせられていた。半死半生の状態であった。

その晩、三人の巡査が窓からのぞいて殺されるところを見て、あの刺す音はズブーと言って何という音だろう、と、音の発音の真似をしていた。

その晩も多数殺されたらしい。巡査の話、便所へ行くのを止められたこと、あたりの気配からもそう思う。

四日晩までは銃で殺し、五日からは剣で刺殺したようだ。

そういう次第ゆえ、四日晩から五日夜明けまでは静かで騒ぐようなことはない。一人でも話をすれば他の者が迷惑するし、それに恐ろしくて皆縮み上がっていた。巡査の注意もあり、お互いに注意し合い、静かにしていたのだ。

だから隣室で騒ぐようなことがあれば、直ちに分かる筈で、極めて静かで騒ぐものはいなかった。労働歌を歌う声は絶対に聞いていない。

自分たちは六日朝五時ごろ、習志野へ五百人くらい兵隊に連れられて行った。二十六日まで習志野にいて、その後、青山（朝）鮮人収容所へ回され、二十九日、自宅へ戻った。

どうです、革命歌を歌って騒いだなんて、根も葉もないデマですよ。それをしゃあしゃあと警察はよくも発表し、新聞は載せましたよね。

そのウソ八百のデマを一九九二年にもなって、山川出版社『日本史広辞典』が載せている。これが何より問題です。

犠牲者たちには、さまざまな証言があります。

亀戸町水神森（すいじんもり）の自転車商・師岡は、当時、亀戸第四小学校に避難していて、三日夜十二時頃、五発の銃声を耳にし、近所の避難民と銃声のしたほうへ駆けて行ったところ、飯田自転車工場の南側の塵芥（じんかい）の埋め立て地（亀戸署から二百二十メートル位の距離）に、四人の男が咽喉を銃眼で貫かれて倒れていた。霜降りの男はまだ死なずに肩先、背中がぴくぴく動いていた。

傍らには亀戸署の伊藤巡査部長が見張りをしていて、群集に演説口調で、殺した四人は日本人だが、社会主義者で悪い奴だ。こんな奴が朝鮮人を扇動したので、今度のような騒ぎが起こった、と言い、まだ動いている霜降りの作業服の男を指して、「こいつはあまり暴れたから銃丸を二発くらっている」と。

これを聞いた群集の一人は、「まだ生きてやがる。卑怯（ひきょう）な奴だ」と、持っていた短刀を抜いて肩先に切りつけ、群集も「こいつらが扇動したのか」と死体に乱暴しました。

巡査がさらに言うには、殺す奴はあと二人残っているのだが、日本人を皆の前で殺すのもどうかと思うので、他の場所で殺すことにしたから、ここではもう何事もないから帰ってくれ、と。そしてほどなく白服の巡査が来て、死体を戸板に乗せ、亀戸署の中へ運んで行った。しばらくして又、二発の銃声が聞こえたが、場所はわからなかった。

師岡からこの話を聞いた南葛労働会の川崎甚一は、「霜降りの作業服は北島吉蔵、浅黄色の寝巻を着ていたという男は、加藤高寿に違いないと思います。加藤は、倒壊した川崎の家の二階に住んでいたし、倒壊後、真先に見舞に来てくれたのは、北島、そして検束されたときの服装そのままでしたから。」

いま一つ、同じく南葛労働会の八島京一の証言。

彼は、平澤が事務所から勾引されたとき、平澤の家にいて、四日朝、三、四人の巡査が石油と薪を積んだ荷車を引いて行くのに会いました。顔見知りの巡査がいたので、何をするのかと問うと、外国人が視察に来るので、その前に死骸三百二十人を焼くために、昨夜は徹夜だった。朝鮮人ばかりでなく、主義者も八人殺された。もう巡査はいやになった、と言い、死骸はどこで焼くのか尋ね、教えられた大島八丁目の大島鋳物工場の横の蓮田(はすだ)を埋め立てた土地に行ってみます。

すると、はたしてそこに朝鮮人、中国人の死骸が山と積んであって、中に白カスリを着た日本人の死体もありました。死体の山から少し離れたところに、靴が置いてあり、どう見ても前日まで平澤計七が履いていた靴だったのです。

八島は、平澤君は殺されたのではないか、と深く疑い、五日朝、手ぬぐい、紙などを持って亀戸署に差し入れに行きます。

特高係に会って、平澤への差し入れを頼むと、「三日晩に帰したよ」と言うではありませんか。八島は、ああ、平澤君はもう殺されたのだ、と確信したのでした。

「屋根の上に登って革命歌を歌ったため、自警団から顰蹙を買ったような記事もありましたが、実際の彼らの行動はどうだったのですか。」

これも全くのデタラメ。

たとえば平澤計七ですが、正岡高一の証言によると、一日には倒壊した正岡の家の金品の取り出しを手伝い、二日には蔵前の専売局に勤めている正岡の義妹の行方を捜すのにも同道してくれ、浅草・上野とめぐってわからず、共に平澤宅に夕方もどっています。家が倒壊したため、正岡は平澤宅に厄介になることになったのですね。

で、二日晩は、余震がくるので、家の前の電車道に畳・布団など持ち出して、隣家ほか近所の人たちと一緒に野宿しています。

三日は、また、正岡家の荷物の取り出しの手伝い、夕方に家にもどってから夜警に出ていた平澤。九時半頃、もどってきたところに制服巡査が来て、彼を連れて行った。その時は、巡査もきわめて平穏で、平澤はおとなしく附いて行ったといいます。

平澤と親しかった正岡は、「平澤君は極めて要領の佳い人ですから、警察署で騒ぐようなことは絶対にないとおもいます。殊に労働歌や革命歌などを唄う人ではありません」と断言していますね。

九月三日夜、仲間と共に連行された川合義虎。

雑誌『労働組合』編集のため、地震時には麻布にある労働組合社にいて、すぐ家へ帰ろうとします。

上野付近を通るときに、母子四人が家の下敷きになっていて、悲鳴を上げ救いをもとめているのに遭遇します。危険を忘れて、火のなか、救いに飛びこんだものの、母親を助けるのは無理で、三人の幼児（五歳と三歳くらいに乳飲み子）だけをなんとか救い出し、上野公園に逃げ延びます。

途中で粉ミルク、ビスケットを買い、幼児らに与えてその夜は、幼児を抱いて公園で過ごしています。

「それって人命救助でしょ。表彰されていい行為じゃないかしら。」

と少女。そうだ、そうだ、と激しくうなずく男の子、女の子。

二日、夜明けを待って、家の母妹のことも心配なため、付近の人に幼児の保護を頼み、家へ向かう途中、川崎甚一にばったり会います。甚一から平澤の母妹を自宅へ置いていると告げたため、川崎家へ一緒に向かっています。

ところが夜、夜警に出たまま、帰ってきません。

三日もどってきたので、どうしたか尋ねると、夜警中、朝鮮人と間違えられて殴られ、亀戸署に検束されていたのでした。殴られた胸のあたりが痛いといいながら、母には黙っていてくれ、と頼んでいます。

三日午前中は、川崎家で種々手伝い、昼食後、知人の家々を見舞い、午後五時頃、本部の自宅へ戻り、頭痛がすると言って寝ていました。

十時頃、夜警からもどってきた山岸、鈴木らが、交代だと言って促したため、出て行こうとしたところへ、検束隊がどやどやとあらわれ、「皆、警察へ来い！　行かぬか！」と怒鳴り、夜警からもどった山岸、鈴木、夜警に行こうとしていた川合、近藤、加藤、広瀬工場で罹災民のため炊き出しを行い本部に休みにきていた北島、六名が連行されていったのです。

「幼児三名を助けたとは、立派な人命救助ではありませんか。」

ええ、その通りです。

また、罹災民のために炊き出しをしていた北島吉蔵も、本来ほめられるべき行動をしていたのです。北島が旋盤工として働いていた亀戸の自転車工場では、八月三十一日に百五十名の解雇が発表され、北島は解雇撤回の交渉委員の一人に選ばれます。

で、九月一日には、足痛で外出できない工場主の代わりに会うという技師長の自宅に出向いて交渉中、大地震となるのです。

急ぎ工場へ取って返してみると、職工も近所の民家の人びとも近くの寺（浄心寺）の境内に避難して騒いでいます。北島らは、早速にしぶる工場長と交渉し、会社の米や薪炭で罹災者のための炊き出しを、近所の女性たちの助けも得ながら、不眠不休で行ったのでした。一方、全壊した倉庫の整理も行い、さらに潰れた川崎甚一の家の手伝い、実に八面六臂の活動でした。

「みんな、いいひとばっかりじゃないか。」と男の子。

「いいひと以上よ。」と少女。

「ほんと、そうよ。」と女の子。

ええ、そんなこんなで、三日には、疲れ果てて、本部（川合宅）にもどって休んでいたのです。

北島らが炊き出したおむすびで飢餓から救われた罹災者たちの一人の女性は、こう言っていますよ。

「北島さんが殺されるくらいなら、世の中のよい人は皆殺されねばなりませんでしょう。」と。

「いかにももっともだ。なんでも一方、本来救助にあたるべき亀戸署の高等係刑事は、避難者にまぎれて何もせず、北島たちに非難され、境内から追い出されたと聞きましたが。」

ええ、その姓名もハッキリわかっています。北島がやられたのは、その蜂須賀刑事から仇（かたき）を取られたのだろうとの見方もあるのです。

また、近藤広蔵は、二〜三日と倒壊した川崎の家の後片付けを手伝い、三日午後五時頃、勤め先の藤崎石鹸工場へ帰る途上、朝鮮人虐殺を目撃します。

見かねて自警団に注意したところ、逆に自警団に殺されかかり、ようやく群集に引っ張られながら石鹸工場まで着いて、工場主がなだめてくれたことで助かっています。

心配した工場主が、藤崎石鹸工場と襟字（えりじ）のついた半天を着せてくれて、夜、本部（川合宅）へもどって寝ていたのでした。

「なんと、みな立派な仁ばかりではないか！」

渡邊政之輔（わたなべまさのすけ）は、『社会運動犠牲者列伝』のなかで、近藤について、野田争議のとき、近藤は耐えられないほどの腹痛で横になっていたのに、どうしても一緒に行くといい、止めても「ストライキを応援に行って倒れるなら本懐だ」と言い張り、野田まで十三里の道を腹痛に耐えながら歩いて行ったと語っています。

吉村光治は町内の自警で、他のものと二名で自警に出たところを捕まっています。

日中は、柳島（やなぎしま）の電車終点で、避難者に水を与えたり、道を教えたりしています。もちろん屋根の上で革命歌を歌うなどしていません。

弟の南巌は、九月十一日に刑事三名、制服巡査四名、兵卒一名が自宅へあらわれ、亀戸署に拘引されています。

地震時、群集にまぎれて避難していた、あの刑事が、日本刀で次のように言って殴打したそうです。

「どうだ、共産党の革命が始まった、物を持った人は焼いてしまって、君たちの革命が来た、いい気持ちだろう。俺たちも思う存分のことをしてやる」

このとき受けた凄まじい拷問から、南巌は、九名の人びとが強引な方法で殺されて言った事が、容易に想像されると言っています。

「そういえば、一番年長の平澤計七は、作家でもあったと聞きましたが」

小山内薫が、彼を悼む一文を、発表しています。

小山内は、「目のところに引っつりのある筋骨たくましい青年」平澤が、はじめて訪ねてきたとき、彼の妻は気味悪がったと率直に書いていますね。置いていった日本紙に墨で書かれた脚本を読んでみると、誤字脱字もあり、字も下手ながら、作品そのものは気取りも野心もなく、貧しい生活を描きながら、しかも暗いなかに光があり、希望があることに惹かれます。

そのうち、兵役にとられ、除隊後、労働運動に突っ込むなかで、小山内のところにはあまり現れないようになっていったようです。

一度、小山内は平澤の作った劇をみるために土方与志と大島に足を運んでおり、平澤自身も労働者の一人になって出演していました。彼が現れると見物客は喝采し、彼は「愛嬌のなさすぎる程、まじめに演じた。」

終わりに小山内は書いています。

「(略) 彼があの大混乱の中でも、人のために奔走していたことを知った。私はいよいよ堪えられなくなった。

官憲のためには『たん瘤』であったかもしれないが、われわれ友人にとっては。『宝珠の玉』だった。

私は、憤りをもって――憤りの罪を犯して――この文章を書いた。」

九名がどうやら殺害されたらしいと察知した南葛労働会の同志たちは、真相を明らかにすべく、九月二十三日には自分たちもやられるかもしれない覚悟で必死に動きはじめるのですね。

十月十一日、新聞が一斉に警察発表を報道すると、遺族たちを集めて、その同意を得て、自由法曹団とともに事件に迫っていくのですね。(遺族代表は、吉村光治の兄、南喜一。)

早くも十月十六日には、川合が助けた幼児を上野バラックで見つけています。

同月二十五日、東京弁護士会館で、真相発表。

十一月には、遺骨を受け取るべく、警視庁と幾度も交渉、ついに警視総監に面会しますが、要領を得ません。

遺体を埋めた場所は、荒川放水路・四ツ木橋堤防下とわかってきて、遺族たちが現場に向かったところ、騎馬憲兵、警官がびっしり守って近づけません。

そのうち、『時事新報』(11・16)が、埋められた朝鮮人数十名の遺体とともに、警視庁の指示により改装手続きをして十四日に発掘、どこかへ運び去ったと報じました。どこへ運び埋めたのか、その行方は杳として不明のままです。

「九名はハッキリだれか、わかっているわけだが、朝鮮人は全くだれかわからないまま闇に葬(ほうむ)ったのですね。なんと罪深いことか！

今、拉致事件のみ騒ぎ立てる政府やマスメディアは、どうして一行もこの惨劇を書かないのでしょう。」

翌一九二四年二月十七日、青山斎場で労働組合合同葬が行われ、会場はナッパ服、あるいはゴツゴツの作業服の労働者で埋まりました。

最後には、誰の指示もないのに、一斉に立ちあがった参列者が「民衆の旗、赤旗は、戦士の屍(しかばね)を包む」と厳(おごそ)かに合唱したそうです。

一九七〇年、岩手からはるばる出てきた佐藤欣治の弟、佐藤徹は、わずか十九歳で殺されてしまった兄の死から四十七年目、積もる思いを次のように話しています。

「兄は小学校の成績もよかったので、教師が進学を奨(すす)めて蚕糸学校に入りました。上京の動機も勉強したいということでした。

しかし、東北岩手の農家では学資を出す余裕などある筈がなく、働きながら勉強する外なかったわけで、兄も苦学するつもりでいたのです。しかし、働いても喰うことに追われる低賃金のため、夜学にも行けない状態でした。そうしたことから兄は社会を改造しようと考えるようになったのでしょうか。（略）

兄欣治が殺されたことについての政府の発表は、私達は信じませんでしたが、岩手県の田舎町では、社会主義者と朝鮮人とが暴動をおこし、暴行、略奪したように言い触らされ、震災までも彼等のしわざのように流布され、佐藤欣治もその仲間だったというので、私どもは白い眼で見られ、肩身のせまい思いをさせられました。

自由法曹団の先生がたや労働組合など各界の方がたが、法令にもとづかぬ虐殺だと政府の責任を問われたことなどまったく知らず、永い間屈辱に耐えて参りました。

（略）今はただ、兄さんよ！　安らかに成仏してくれ、と念ずるばかりであります。」

実に半世紀近くも、息をひそめて暮らさねばならなかった佐藤一家。

七人兄弟でありながら、長兄は横須賀海兵隊員となり、中国安徽（アンホイ）省で戦死、六男は一九四三年に三原市で死去、四男、五男は、幼児に死亡、家業を継いだ五男もすでに死去し、三男の徹だけが生き延びられたことに反逆者のレッテルを貼られた一家の無残さを見ます。

二〇一九年晩秋、浄心寺の碑を訪ねました。

碑はきれいに掃除してありました。

碑の前面の敷石に、九名の名と没年が刻まれています。

碑の背後には、亀戸事件追悼実行委員会袴田里見筆の趣意書（1970・9・4）。

さらに敷石の後ろに左の文言が新たに加えられていました。

> この犠牲者之碑を建立して23年の歳月を経た。この間研究の努力によって、
> 中筋宇八　24

も亀戸事件の犠牲者であることが立証された。当実行委員会は事件70周年記念事業のひとつとして、このことを確認し、碑にとどめる。なお、碑の改修にあたり、碑文等一部を書き改めたことを付記する。

1993年9月5日

亀戸事件追悼実行委員会

はて、どこを直したのだろうと比べてみると、先の書では「権力の蛮行」と書いてあったところが「白色テロ」に代えてありました。

中筋宇八（なかすじうはち）は、当時の読売新聞の記事中で、「中条宇八」の名で次のように書かれています。

「一方、佐藤欣治、中条宇八の両名は大島自警団から××と見誤られて亀戸遊園地の詰所で取り調べると平常から過激思想を持っている職工と判って、団員の45名が両人を署に同行して留め置いた。」

他の新聞では、亀戸町香取神社のあたりで捕まったとありますが、実際は不明。碑建立当時は、純労働組合の組合員だったことがわかっているだけで、詳細は不明となっています。

八名は、南葛労働界の組合員だったのに、平澤計七と中筋だけが純労働組合に属していたので、消息が取りにくかったのでしょうか。いずれにしても、こうして後から碑に刻んだことに、実行委員会の誠実さが見える気がしますね。

「私も遅まきながら『亀戸事件の記録』を読んでみましたが、この地に立つことで、当時、この浄心寺の境内に避難民たちがいっぱい集まっていて、北島たちがおむすびを一生懸命配っていた光景が目に見える気がします。」

福田村事件

私の書棚をことわりもなく掻き回していたオサヒトが、ほら、こんなものを見つけましたよ、とやや得意げに小冊子を差し出してきた。

のぞいてみると、千葉福田村事件真相調査会発行の『福田村事件の真相』とある。

「ああ、千葉県野田村三ツ堀(みつぼり)の渡し場付近で、香川県三豊(みとよ)郡豊中(とよなか)から薬売りにやってきていた一行が、朝鮮人と疑われて福田村と田中村の自警団に虐殺されてしまった事件ですね。たしか九人、それも幼児や妊婦まで殺されたのではなかったでしょうか。」

「そのようです。」

オサヒトが今知ったばかりの事件を話したくてウズウズしている様子に、私もすっかり忘れていたので、小冊子に書いてあったことを話してもらうことにする。

「まず、何故はるばる遠い香川から、この人たちが、薬売りの行商に来ていたかというと、彼らの村が被差別部落で、地元で差別され、生きにくかったからのようです。

被差別部落のことなど、わたしは全く初耳でしたが。」

「聖(せい)をつくれば必ず賤(せん)を生じるのだ、とたしか野間宏が書いていました。そう、あなたの、つまり天皇という〝聖〟を造ったことが、対価として〝賤〟を生んだのですよ。

あなたが心地よく座っていた天皇という座が、〝賤〟にされた人びとを苦しめたわけですよ。知りませんでしたか。

その〝賤〟を造る天皇という座が、今も在ることが問題ですよね。」

「この問題は私に関わる大きなテーマかもしれませんね。

今日はとりあえず措いて、今、知ったばかりの福田村事件のことを話しましょう。」


事件は、一九二三年九月六日におきています。

そう、大震災から五日経っておきた惨劇でした。

一行は、十五人。

殺されたのは、団長の合田亀助、その妻、六歳の男子、四歳の女子、合田政市夫妻（妻イソは妊娠中）と二歳の男子、青年の山本実（二十四歳）と藤田隆一（十八歳）の九名（氏名は仮名）。

九死に一生を得たのは、六名。

長く闇に埋もれたままだった事件を掘り起こしたのは、香川県歴史教育者協議会の石井雍大・久保道生両氏。

まず菩提寺に納められた合田二家族の位牌を調べたところ、位牌の裏にはなんと次の文字が刻まれてありました。

大正十二年　千葉県ニ於テ
震災ニ遭シ　三堀渡船場ニテ惨亡ス

事件から六十三年経って、生存者の太田文義氏への聞き取り調査も行われました。事件時、十四歳だった少年は、七十六歳になっていました。

行商の中身も太田氏は話していますね。

薬はおもに征露丸、あと頭痛薬、風邪薬、湯の花、高松で仕入れていたそうです。あと鉛筆、靴、墨なんかも売っていました。

一行は、大阪、京都、群馬を転々、野田へ、そこから茨城へ向かおうとしていました。

太田さんは、尋常小学校六年卒業後、ずっと合田さんに雇われて、あちこち歩いています。月給十五円、当時としては高級だったといえるようです。

九月一日から、しばらく余震が続き、野田を出発しようとしたものの、やむなく旅館の裏の藪（やぶ）を刈り取って戸板を敷き、蚊帳（かや）を吊って、夜は過ごしています。

昼はそこから行商に出かけ、各家を訪ねる。すると消防団や警備員が付いてきて、「どこから来たのか」と尋ねるので、鑑札（かんさつ）を見せ、信用してもらっていたとか。

そろそろ茨城へ向かうこととなって、荷物を大八車に積んで利根川の岸に近い香取神社に着きました。

対岸へは渡し船に乗らねばいけませんが、ここで、荷物ごと乗せろという合田と、では二回に分けてほしいという船頭と揉（も）めました。争ううち、どうもお前たちは言葉遣いが怪しい、朝鮮人ではないかと疑った船頭が、寺の梵鐘（ぼんしょう）を撞（つ）いたため、大勢の者たちが集まってきました。日本刀や竹槍、猟銃を持った、福田村と隣村の田中村の自警団です。二百名ほどいたと思われます。

船頭と交渉の間、鳥居の台石（だいいし）に六名が坐り、十五メートルほど離れた雑貨屋の前の床机（しょうぎ）に九名が腰かけていました。

駐在巡査も、青年団の団長も、「この人たちは日本人だ」と証言したのですが、集まった自警団は承知しません。

それなら野田署に連絡を取って、その判断の上でなければ納得できないと言い、やむなく駐在巡査は野田署へ向かったわけです。

その間に、床机に坐っていた若者（実、隆一）の二人が、タバコの火を借りに雑貨屋に行こうと思って立ち上がったのですね。と、「逃げよるぅー」と自警団は総立ちになり、「殺（や）ってしまえ！」さあ、寄ってたかって、九名に向かっていきました。鳶口（とびぐち）で、竹やりで、日本刀で、無惨に殺されていったのです。川の中ほどまで泳いで逃れた政市は、小舟に追われ、日本刀で膾（なます）切りにされています。藪の中に逃げこんだものは猟銃で撃たれました。お腹に赤ちゃんがいた女性も、乳飲み子を抱いて命乞いする女性も殺られました。

鳥居のところにいて呆然と見ていた太田さんは、言っています。

「一人に対して十五人も二十人もかかっていました。だから同士討ちみたいでした。持っている凶器がぶつかりあって『カチン』『カチン』と音を立てていました。蟻がたかるみたいにたかっていました。」

ああ、話しているだけで、気分が悪くなってきます。

君が代を歌っても、イロハ四十七文字を全部言っても、「三年もいれば言える」「言葉が変だ」などと許さなかったそうです。これでは、さながら弱い者をなぶり殺しにしたくて、ウズウズしているみたいに思えます。

六千人の朝鮮人たちも、いたるところで同様な輩に惨殺されていったのでしょう。

そして、ここでは巡査や野田署の警官が止め役にまわったとはいえ、彼らを殺人鬼に仕立てたのは、単なる流言飛語というより前述したように、内務省が九月二日に各県地方課長を召集しての警告に端を発していましょう。

千葉県では、九月四日に以下の警告、

「本県に於いて不穏なる行動を為す者に対する警戒は軍隊と協力して充分に行き届きおり、不逞なるものの立ち回りなき筈につき、徒に流言飛語に惑わされず軽挙盲動なきよう注意せられたし」

が出されていますが、朝鮮人が暴動を起こしたとのデマは否定していないのです。ただ、軍隊ががんばっているから、自警団は軽挙盲動しなくてよいと言っているだけです。

そう、水野内相、赤池警視総監の意図がまさに地方にも浸透していたわけです。

太田少年ら六名は、太い針金で首をくくられ、両手を縛られました。彼らも殺されるところを間一髪、野田署の警官が来て、助かったのです。

襲撃者たちは、八名だけが殺人罪で逮捕、裁かれますが、ほどなくヒロヒトの即位で釈放されます。取り調べの刑事は、新聞に「加害者たちに悪意はない」と語り、弁護費用はなんと村で負担、家族には見舞金も出されました。そして、主犯格の一人は、出所後、村長になり、合併後は市会議員になっておりますよ。

事件がはっきりと表に出たのは、実に二〇〇〇年三月。遺族、部落解放同盟三豊ブロックに、千葉人権研究所、部落解放同盟香川県連合会、三豊郡内の一市九町が支援して、「千葉福田村事件真相調査会」が結成されたのですね。九月には、報告会を開いていますが、講師に姜徳相（カンドクサン）氏を招いたのは、主催者たちの卓見（たっけん）といえるでしょう。

氏は、講演の最後に述べています。

「主敵は、朝鮮人だったのです。当時日本の排外主義に民衆も含まれていました。そういう中でこの事件が起こったのです。

最後に、この事件後、日本はどうなったかということです。確かに朝鮮人の首はたくさん取ったでしょうが、その代償として失ったものは何か。当時、日本は大正デモクラシーの時代でした。日本政府は社会主義運動を押さえるため、過激主義取締法案を当時の議会に何回も出しましたが、デモクラシーの風潮でたびたび廃案になりました。ところが関東大震災で戒厳令が布（し）かれると法案への批判は消え、過激主義防止法案は震災直後の国会で成立してしまいます。これがそのまま治安維持法にすり変わるのです。

『多民族を圧迫する民族に自民族の自由はない』という言葉どおりになりました。この問題は朝鮮民族解放運動史と密接に結びついていますが、同時に痛恨の日本史の一ページでもあります。

二十世紀までは帝国主義の時代で民族同士の支配・被支配の時代でしたが、二十一世紀は互恵平等の時代です。過去にどんなことがあったのか、過去にフタをしてはいけません。過去に目をつむるものは未来が見えません。歴史学は過去に学び、現在を見つめ、未来を予測する未来学です。」

ああ、わたしがこうして彷徨っているのも、意味があるのだ、わたしは膝を叩いてしまいましたよ。

ハハ、亡霊に膝はなかろうって、あくまで比喩ですよ。

検見川事件

「ところで、東京琉球館の島袋マカト陽子さんが、『月刊琉球』（№71／2019年11月号）に載せた文を読みましたか。」

オサヒトに尋ねられて、いえ、まだ、と答えると、

「秋田、三重、沖縄の三県人が、九月五日、千葉市花見川区検見川町（当時千葉郡検見川町）で自警団に虐殺されたそうですよ。

個人誌『沖縄の軌跡』を発行されている島袋和幸さんの調査によってわかったようですが。」

で、『月刊琉球』（№71）を引っ張り出して件の箇所（【東京琉球館便り61】「植民地・植民者」）を読んでみる。

と、なんと三名は身分証明書を持っていたのに、殺され、遺体は、花見川に投げ捨てられたのだ。

（三名は）東京から千葉県へと命からがら避難し、市川・船橋をすぎて検見川町まで逃れたところ

だった。東京から30キロ程の距離になる。京成電車検見川停留所付近まで来たところを、自警団に取り囲まれ、その後、暴言暴行に晒(さら)されながら近くの駐在所に「一時保護」された。三名を見ようと集まった群衆は200から300人。

警察官は、身分証明書もあり朝鮮人ではないと説得したが、三名は人々に虐殺された。遺体は花見川に投げ捨てられ、そのまま東京湾に流れ、海の藻屑となった。法律新聞は事件をこう報じた（同年11月3日・原文のまま）。「鮮人来襲の流言頻々(ひんぴん)たる五日午後一時頃…停留所付近に於いて…三名を不逞鮮人の疑いありと巡査駐在所に同行、付近に居住する人々は数百人鳶口・竹槍・日本刀等の武器を携え、右三人を鮮人と誤信し同駐在所を襲い窓硝子壁等を破壊し騒擾(そうじょう)を極めた際、被告らは遂(つい)に闖入(ちんにゅう)して三名を針金にて縛(ばく)し殺したものである」。「付近に居住したる人々数百人」「武器を携え」から想像する状況に恐怖する。デマにあおられる以前に、日常・社会の中で培われていった、強い差別感情があったのだと思う。

氏名もわかっていて、秋田県人・藤井金蔵（二十二歳）、三重県人・眞弓二郎（二十一歳）、沖縄県人・儀間次郎（二十二歳）。

眞弓二郎の実父が、裁判所に提訴、十人が有罪となったことだけわかっていて、三名について詳しい情報はないそうだ。

「真の歴史を直視」するために、島袋和幸は、地元を訪ね、遺族を探し、遺骨がない墓が建てられていないか、調べ歩いていているとのこと。

「それぞれの故郷に、花を供える墓石があれば、せめて、あなたたちを忘れません、と伝えたい。」

島袋和幸の想いだとのこと。

三名が、どうして疑われたかはわからない。

放浪の詩人、山之口貘（やまのくちばく）も危うい目にあっている。同じ沖縄の友人と駒込中里（こまごめなかざと）に住んでいた彼は、九段にあった尚侯（しょう）爵邸で書生をしていた胡城の元へ避難したのだが、その途中の出来事を短編小説『野宿』に書いている。

……人々は、みんな右往左往の状態で、棒片のようなものを手にしていたり、日本刀など片手にしているものもあったりして、またたく間に、巷は殺気立っていたのである。

白山上にさしかかると、

「君々」と、うしろの方から声をかけられた。振り返ると、巡査なのである。生れてはじめて巡査に呼び止められたのであるが、場合が場合なだけに、ぼくはおどおどした。

「社会主義者ではないんですがね」

ぼくは、とっさにそう云って、自分のよごれ切った霜降りの身装（みなり）や、摺（す）り切れている片ちんばの下駄や、何日も洗ったことのないぼうぼうとした長髪や、何日も放ったらかしになって髯（ひげ）のなかに埋まっているこの自分の、キリストを悪人に仕立てたみたいな風貌などを意識させられてしまったのである。

貘ばかりではなかった。改造社に勤めていた沖縄学者の比嘉春潮ほかその友人も「ことばが少しちがうぜ」と言われ、自警団にあわや日本刀で殺されかけたという。

自警団は、幾日か経ってから、家までやってきて、彼ほかチャキチャキの江戸っ子の友人まで都合五人、近くの交番に引っぱっていく。交番では、腹のでっかい、腰に日本刀をさした男が、「ええ、面倒くさい。やっちまえ」と怒鳴り、一瞬みなシュンとなったという。幸いにも早稲田の学帽をかぶった青年が、「この人なら知っています。沖縄の人だ」と叫び、父親に「黙ってろ」とどやしつけられたものの、何とか知人で奄美大島出身の巡査がいる淀橋署に連行されることができ、助かったのだった。

比嘉は、このとき改造社の社員だったが、九月三日、社長（山本実彦）の家で開かれた会議では、社長はじめ教養のあるひとたちが、皆、朝鮮人襲撃を信じこんでいたと記している。

二〇二三年三月十日、東京琉球館の島袋マカト陽子主宰の「検見川事件の現場を歩き『鎮魂』『予祝』する」に参加した。検見川駅前に集まり、島袋和幸を先頭に、そこから虐殺現場の駐在所まで、三名が引き立てられていった道を歩く。どんなに怖かったことか。

連行された駐在所も安全な場所ではなく、大群衆は扉をけ破り、三名を引きずり出し、針金で縛って散々に滅茶苦茶になぶり殺し、前を流れる花見川（今は暗渠）に抛りこんだのだった。

「警察署の証明書までも出して哀訴歎願するもきかず乱暴にも棍棒及日本刀を持って三名の顔もわからぬ程めちゃめちゃに惨殺し」と当時の報知新聞（1923・10・17）にも記されている。

日本人らしくないと思ったものには、よってたかって、人殺しを平然と行う群衆、そのように彼らを教育していった明治以来の国家の在りようが、おぞましい。

荒れ地になっている駐在所跡に向かう途中、たまたま歩いていた現地の女性が、思いがけない話をしてくれた。

三名のことは知らないながら、代々の言い伝えで、川で亡くなった《無縁さん》をお盆のとき、提灯を持ってそれぞれ家にお迎えし、先祖の供養に僧侶が見えたとき、共に供養してもらい、また、川に送り届けている、と。

また、古くからある元花見川のほとりの馬頭観音像数体が並ぶ場所へも行って、《無縁さん》の菩提を祈っているという。

関西からはるばるやってきた「ピヨピヨ団」の方たちが、虐殺現場で、三名の名をあげ、鎮魂のチンドンをされた。国家に指嗾（しそう）された朝鮮人差別の犠牲となって、むごたらしい姿にされ、花見川から東京湾へ、さらに海へと流れていってしまった三名の冤魂（えんこん）は、少しは慰められたろうか。

甘粕事件

朝鮮人大量虐殺。亀戸事件。

これらよりいち早く報道されたのは、大杉栄（おおすぎさかえ）・伊藤野枝（いとうのえ）・橘宗一（たちばなむねかず）殺害だったのを知っていますか？

オサヒトに尋ねると、目を丸くして知らなかった、と。

あれ、一番有名なはずですが、と言うと、では事件の概要を話してくれと頼まれ、では最も知られている事件なので、簡単に説明しましょうと話す羽目になった。

アナーキストとして名高い大杉栄・伊藤野枝と六歳の甥・橘宗一らが、殺害されたと報道されたのは、九月二十日でした。

亀戸事件については、ゆがんでいたとはいえ、殺害を認めた報道が、十月十一日ですから一か月早いわけで。

三名の殺害は、九月十六日。

この日、大杉栄は妻の伊藤野枝と、鶴見に住む辻潤を見舞い、彼が留守であったため、近くに住む実弟の大杉勇一家を訪問したのでした。そこに末妹のあやめと甥の宗一が滞在していたのです。あやめは夫の橘惣三郎とアメリカに住んでいたのが、宗一の結核治療のため、夫をアメリカに置いて、その年に一時帰国していたのです。

子ども好きの大杉は、ここでは不自由だから、宗一だけでも柏木の家に連れて行こう、と言って、彼を連れて自宅へと、もどっていきました。ところが自宅近くまで行ったとき、張り込み中の四名の憲兵たちに、淀橋警察署へと強引に連行されてしまうのです。

拘引には慣れている大杉は、子どもだけは帰宅させてほしいと頼みますが、拒否されます。そして三名は、淀橋警察署から車で麹町憲兵司令部へ運ばれて行きました。

で、そのまま行方不明となってしまい、心配した友人たちがただ事ではないと直感し、家族から捜索願が出されました。

捜索願を受けた警察が憲兵隊に問い合わせると、すぐに帰したとの返事。大杉の友人には新聞記者もいましたから、十八日には報知新聞に、大杉夫妻と子どもが憲兵隊に連行され、行方不明との記事が出ます。

宗一はアメリカ国籍も持っていたので、あやめはアメリカ大使館に飛びこみ、真相究明を依頼しましたから、さあ、日本政府（山本権兵衛首相、後藤新平内相、田中陸相）もあわてます。

調べてみると、憲兵司令官の小泉六一は、甘粕正彦憲兵大尉（東京憲兵隊渋谷分隊長兼麹町分隊町）と森慶次郎憲兵曹長（東京憲兵隊本部付・特高課）の犯行だといい、その行為を賛美するではありませんか。

十九日、甘粕と森が収監され、畳表でぐるぐる巻きにして三名を投げ捨てた構内の古井戸から遺体が引き揚げられています。

二十日には、軍は、甘粕と森を軍法会議にかけ、戒厳司令官福田雅太郎を更迭、憲兵司令官小泉六一と東京憲兵隊長小山介蔵は停職処分にしました。

差止めが解かれて、新聞に詳細が報じられたのは、十月八日。

麹町憲兵分隊に連行された三名は、別々の部屋に移され、大杉と伊藤は、甘粕が絞殺しました。遺体は、両名とも肋骨が何本も折れていて、単に絞殺したのではない、非常な敵意をもって殺害されたことがわかります。

憲兵上等兵の鴨志田安五郎、本多重雄は、命じられて宗一を絞殺しています。両名は、森に命令されたと主張し、森は甘粕に命じられたと言い、宗一の殺害の真の命令者は定かではありません。

軍法会議は、十二月八日に判決が出ていますね。

甘粕は、懲役十年、森は三年、他は命令に従ったのみとして無罪。

一憲兵大尉の犯行ではあるまい、戒厳司令官福田雅太郎と憲兵司令官小泉六一の指嗾であろうとも言われていますが、真相はなお、藪のなかです。

『甘粕大尉』を著した角田房子（つのだふさこ）は、公判で、甘粕が部下の罪を軽くしようと腐心しているのに、上司の福田、小泉への処分に申し訳なさを一切表現していないのは、詫びる必要のない理由が事件の裏に存在していたのではないかと推測していますね。

福田は、予備役になってからは、一九二八年に大相撲協会会長に就任、一九三〇年には枢密顧問官になっていますし、小泉はといえば、一九二五年には陸軍中将、支那駐屯軍司令官などを経て、予備役になってからは帝国在郷軍人会副会長になっています。

いずれも軍人としての出世街道をつつがなく歩いて行って、事件の為に出世が妨げられたことは全くないようです。

そう、ちょっと甘粕についても、述べておきましょうか。

甘粕は、摂政ヒロヒトの成婚による恩赦で、一九二六年、わずか三年で仮出所し、のち官費でフランス留学。

ちょうどこの頃、駐仏陸軍武官補佐官としてフランスにおり、甘粕の世話をした遠藤三郎は、「軍が甘粕の費用を出しているだけでも、大杉殺害が甘粕個人の犯行とは思えない。なぜ軍がそこまで面倒をみたか——大杉を殺すように仕向けたのは陸軍当局だろう。」と言っています。

角田房子は、九月十六日での陸軍による犯行は、震災時の混乱期に大杉がなにをたくらむか、ではなく、これからの陸軍の行く先をはばみかねない「強力な指導者である大杉の存在そのもの」ではなかったか、と述べていますが、卓見とおもえます。

甘粕は、フランス帰国後は「満州」へ。

「満州」では、もっぱら民間の特務機関としてウラで活躍。

一九三一年九月十八日の柳条湖（りゅうじょうこ）事件のあと、起こされた九月二十一日、二十二日のハルビン鮮銀支店、日本総領事館への爆弾投下をハルビン特務機関と結んで実行していますね。

ハルビン出兵をのぞむ関東軍の謀略を請け負ったわけでしょう。しかし、若槻内閣は、いよいよ危険な場合は居留民を安全な地に引き上げさせるとの方針を閣議決定し、ハルビン出兵をもくろんだ関東軍は断念しています。

十一月には、清国最後の皇帝で天津（テンチン）に幽閉されていた愛新覚羅溥儀（アイシンギョロプギエ）を、旅順（リューシュン）に脱出させ、「満州国」皇帝の座に就けようとする関東軍のもくろみを成功させるために、甘粕は護衛の役目を忠実に果たします。

傀儡政権「満州国」成立後は、その功績を認められて、満州国協和会理事、同映画協会理事になりましたが、敗戦後の八月十六日、服毒自殺しています。

忠君愛国を日本人の至上として叩きこまれた時代の、真っ正直な日本人の典型ではなかったかというのが、甘粕を丁寧に追った角田房子の感想です。

大杉たちがどのような殺され方をしたのか、わかったのは、一九七六年。なんと半世紀余も経っていました。

三名の遺体は、東京憲兵本部構内の東北隅弾薬庫北側中央弾薬庫の土台石を取り除いた廃井戸のなか、地面から四尺下の場所から見つかりました。濁り水に浸かった三死体は、麻縄でしばられ、菰包みにされていたそうです。

三遺体は、陸軍衛戍病院に運ばれ、二十時間かけて解剖を行い、死因鑑定書が書かれました。解剖をおこなった外科の田中隆一軍医が鑑定書を作成し、鷹津軍医名義で提出したものの控えが、半世紀後に見つかったわけで。

田中軍医は、退役して開業後、四十歳で再召集され、中国戦線で戦没していますが、遺品のなかから他の資料とともに死因鑑定書が出てきたのでした。

死因鑑定書は読むにたえないほど無惨です。

大杉栄の遺体は、全裸。

顔面は全体的に紫藍色で浮腫状に膨張、上眼瞼、特に左側は暗赤色で皮下に溢血があり、これは窒息死の証拠だそうです。両眼球は突出し、角膜は暗赤色で高度に混濁し、瞳孔は見えません。舌は歯列より一厘出ていました。

野枝の遺体は、全裸。顔面は高度に紫藍色で、死体の腐敗により汚染された青色になっており、浮腫状に膨張。両眼は閉じ、眼球は突出、舌は歯列より五厘出ていました。

何よりむごいのは、絶命前に受けた暴行。

両人とも、胸骨骨折。前胸部にすこぶる強大な外力による傷があり、蹴る、踏みつけるなどしており、直接の死因ではないが、死を容易にしたのは確実とありました。

大杉栄と伊藤野枝の生涯と業績は、あまりにも有名ですから、ここでくだくだ述べる必要はありますまい。

宗一の遺骨は、父の惣三郎が、名古屋の日泰寺に墓碑を建てています。その墓碑の裏面に、「大杉栄　野枝ト共ニ　犬共ニ虐殺サル」と彫られてあるのが発見されたのは、半世紀近くも経った一九七二年のことだったそうですよ。以来、保存会が立ち上げられ、毎年墓前祭が行われているとか。発起人の竹内宏一氏は、事件百年後の二〇二三年までは毎年開催します、と言っています。

なぜ、たった六歳の幼児まで殺さねばならなかったのか、よほど悪いことをしているという後ろめたさがあるから、幼児の目をも恐れたのでしょうね。

伊藤野枝のことですが……（私は続けた。）

わずか二十八歳で消された野枝は、火のような生涯を送った人。近寄りがたい女性におもえていました。なにしろたった十八歳で、『青鞜』（一九一三年一月号）に、「新しき女の道」と題して、次のような文を載せているのですから。

新しい女は今迄の女の歩み古した足跡をいつまでもさがして歩いては行かない。新しい女には新しい女の道がある。新しい女は多くの人々の行き止まった処よりさらに進んで新しい道を先導者として行く。
新しい道は古き道を辿る人々もしくは古き道を行き詰めた人々にいまだ知られざる道である。又辿ろうとする先導者にも初めての道である。
新しい道はどこからどこに到る道なのか分らない。従って未知に伴う危険と恐怖がある。
いまだ知られざる道の先導者は自己の歩むべき道としてはびこる刺ある茨を切り払って進まねばならぬ。（略）
先導者はまず確固たる自信である。次に力である。次に勇気である。しかして自身の生命に対する自身の責任である。（略）
先導者はまず何よりも自身の内部の充実を要する。かくて後徐ろにその充実せる力と勇気と、しかして動かざる自信と自身に対する責任をもって立つべきである。（略）

わずか十八歳で、平塚らいてうから『青鞜』の編集権、事務一切を引き継ぎ、こんな文を書いた野枝。十七歳で婚家先から出奔、上野女学校の時の教師、辻潤の元へ走り、二人の子をもうけるも、「何時か再び自ら他人の家庭に入って因習の中」で真剣に悩んだ野枝。

廃刊後の一九一六年、愛人・大杉栄のもとへ。彼との間に五人の子を産んでおり、その力強い生き方に、『青鞜』創刊号に「山の動く日来る。かく云へども人われを信ぜじ、山は姑く眠りしのみ。……」との力強い詩を寄せた与謝野晶子と同様な生命力を感じてしまいます。

二人は、進む道は違ったといえ、相似形だったのではと思えます。晶子は、なにしろ十二人の子を生み育てつつ、文学史に残る金字塔を打ち立てたのですから。そういえば、この詩を詠んだとき、晶子は三十三歳だったのですね。

『青鞜』の編集権や事務一切を引き継ぎ、そんな新しい女性の道を苦闘しつつ切り開いていった野枝が、「無政府の事実」と題した一文を記しているのを女性史家の鈴木裕子（すずきゆうこ）さんが編んだ著書で読んで、あら、こんなに真摯（しんし）で地道な考え方をしていた女性であったのか、と目を開かされた気がしました。

「ほう、どんな内容ですか。」

野枝は、無政府共産主義の理想が、ただの空想だという非難、嘲り（あざけ）に対して、自分たちの住んでいた村には、「行政」とはまるで別な相互扶助の組織、小さな「組合」があって、先祖代々受け継がれてきていることを、やさしい筆致で紹介していた。

たとえば、次のように。

> ……型にはまった規約もなければ、役員もない。組合を形づくる精神は遠い祖先からの「不自由を助け合う」という事のみだ。
>
> 組合のどの家も、太平無事な時には組合には何の仕事もない。しかし一軒に何か事が起これば、すぐに組合の仕事がはじまる。（略）
>
> 事実、組合の中では村長だろうがその日稼ぎの人夫であろうが、何の差別もない。村長だからといって何の特別な働きも出来ないし、日傭取り（ひようとり）だからといって組合員としての仕事に欠ける処はない。威張ることもなければ卑下する事もない。（略）

ある家に病人が出来る。すぐに組合中に知れる。みんなは急いで、その家に駆けつける。そして医者を呼びに行くとか、近親の家々へ知らせにゆくとか、その他の使い走り、看病の手伝いなど親切に働く。病人が少し悪いとなれば、二、三人ずつは代り合って毎晩徹夜をしてついている。それが一週間続いても十日続いても熱心につとめる。（略）

「なるほど、学校に行くのに道が悪くて子どもたちが難儀していると、誰かの発議で、暇を持っている人たちが少しの間に道を直してしまう、などとも書いていますね。

喧嘩も家同士の不和も、たいていは組合でおさめてしまうとも。盗みでも、組合内で解決し、監獄へ送れば残された子どもも困るだろう、恥を知っていれば、今のところで暮らしていこうとするのであれば、もう盗みは二度としないだろう、と考え、巡査の耳に入らないようにしている、とか。

単に革命！　と叫ぶのでなく、近代社会が失った大事なものに、二十六歳のときにもう、この娘さんは気づいたわけだ。なんと足早な成長ぶりか。

殺されなければ、三十代、四十代になって、どんなにすぐれた人物に育っていったか見当もつかない。」

はあっとため息をつくオサヒト。

みれば、男の子も女の子も、少女も、しっかり頷いている。

それにしても、野枝と相似の村を最近知ったような、と思い返し、ハタと気づく。

そうだ、浴田由紀子（えきたゆきこ）の著書『マコの宝物』の世界だ、と。

浴田由紀子は、一九七四年東アジア反日武装戦線大地の牙に参加。七五年逮捕され、入獄中、七七年日本赤軍のダッカ・ハイジャック闘争で司法によって釈放され、アラブへ。九五年ルーマニアで拘束され、日本に強制送還され、服役、二〇〇七年刑期を終え、出所した。『マコの宝物』は、獄中で執筆。

二〇一九年、「河原井さん根津さんらの『君が代』解雇をさせない会」主催の「浴田由紀子さんのお話を聞く会」中で、浴田は執筆の動機について次のように話している。

「アラブでは子どもたちを育てていた。自分はいつ命を落とすかわからない。では子どもに何を残すのがいいか考えた。ものではない。自分にとって一番大切なものは、それは自分を育ててくれた村の人々、村のありさまではないかと思った。」

では、どんな村だったか。

浴田は次のように話している。

村はなーんにもない。ないないづくし。山と川と田んぼ、そして家だけ。

朝鮮人もいた。祖父は林業も営んでおり、朝鮮人二家族が働いていた。クラスには三人の朝鮮人の子どもがいた。

浴田の家は兼業だったが、他はほとんど農業。五〇年代までは林業も。

田植えは四～五軒がグループになって順番に田んぼの仕事をこなしたり、用水路の整備もする。大人たちは、いろいろな行事を村単位でやる。ひな祭り、運動会、海水浴、村の旅行、村の大人たちが総出で子どもたちにサービスする。

一方、子どもたちは赤ん坊の家に行って面倒を見る。いわゆるお守り。で、自然と仲良くなる。浴田は中高校生時代、息苦しさを感じたことは一度もなかった。ないないものづくしなので、自分たちが作ればいい。新しい村、子ども共和国を作ろうと思ったりした。会議は大人たちだけでなく、子どもも一緒にやっていた。

今の村はどうなったか。確実に限界集落化していると浴田は、言う。空き家がふえ、子どもがいる家は、一軒だけ。以前は自分の家をふくめ、みな鶏、牛を飼っていたが、卵も買う。

兼業農家で、田植えも機械で行うので、特に女性の仕事はない。

しかし、浴田が村に顔を出したとき、村長から村の会議に出てくれと言われ、緊張して出たところ、七歳年上の昔は怖い人と思っていた人が、こう言った。

「もう罪は償ったのだから、正々堂々と胸を張って生きていくべきだ。困ったことがあったら、なんでも相談してくれ。甘えていいのだ。それが我々にとってはうれしいことだから。」

他のひとたちも、「帰ってくればいい。壊れた家はみんなで手伝い直すから。田畑のことも心配するな」と。

ああ、昔と同じ人、同じ村だったと、浴田はどんなにか嬉しかったことでしょう。

「そういえば、三池炭鉱の社宅生活でも、類似の助け合いがあったようですね。近ごろ、東川絹子(ひがしかわきぬこ)さんが出した『三池の捨て子 炭鉱のカナリヤ——東川絹子炭鉱エッセイ集』にも次のような記述がありますね。

『闘争の過程で頑固一徹だった父は同志である母を尊び、自らを変えていきました。家庭という家の中の庭は、民主主義の学校でした。

新港町社宅、小浜社宅では子どもから自然発生した学生会と、炭っ子グループがあります。おとなは一切関与せず、子ども独自の文化活動をしました。おとなに寄付金を募り、旗や鉢巻まで作り、文集・キャンプ・ハイキング・クリスマス会などを実行し、第二組合の子どもやお年寄りにも声をかけたそうです。当時の状況から、子どもが主催するからできたことでしょう。』

どこにも野枝が顔を出しそうな気がしますね。

それにしても、国は、関東大震災を巧みに利用して、この国の曲がった道を、なんとぐうんと突き進めていったことでしょうか。」

「それより、一番問題なのは、それから百年経って、少しも糺(ただ)されず、曲がった道は曲がりっぱなし、それもどんどん酷くなっていっていることです。」

外で、カラスが《そうだ》と頷き、鳴いたようであった。

（完）

訪問

石川逸子

２０２３年２月19日
一行５名で
寄居・浄土宗正樹院　に
具學永（クハギョン）さん　あなたを訪ねた

あまたの墓石に　はさまって
あなたの墓碑は花々に囲まれ　立っていた
青磁に似た色合いの花瓶に花を活け
一円の飴いっぱい詰めた瓶を置いていたのは
あなたの墓をずっと見守り　数日前にも　ここを訪れ
今日も案内してくれた
港湾労働組合執行委員の金龍明（キムヨンミョン）さんだ
李朝期にはやった持参のヨッカウィ（飴鋏）を鳴らし

あらたな花を添え　線香を燈し　涙した
《ほうせんかの会》の慎民子（シンミンジャ）さん　青山晴江さん
あらかじめ　供えの水を手桶に汲んでおいてくれた
あなたの死を懸命に追いつづけている　地元の木島修さん

あなたが寄居警察内で
隣村から　ぐわあっと押し寄せてきた　用土村自警団の面々に
62ヶ所も刺され　突かれ　なぶり殺されてから　百年
そう　百年が経ちました

東京で　横浜で　埼玉で　千葉で
同じくなぶり殺され　名も遺体の捨て場所も
今なお　わからないままの　あなたの同胞たち

わずかに　具學永の名をとどめることができた　あなた
飴売りのあなたと　格別親しかった
ともに　木賃宿《ましも家》で暮らしていた
鍼師　宮澤菊次郎さんの　あなたの死への深い悲嘆と憤激が

地元の心あるひとたちの共感を呼んで
あなたの名をハッキリ刻んだ墓碑が建ったのです
墓碑の横面に刻まれた　文字

　大正十二年九月六日亡
　朝鮮　慶南　蔚山郡　廂面山田里
　　俗名　具　學　永
　　　　行年　二十八才

戒名は　《感天愁雨信士》
左側面には
《施主　宮澤菊次郎》　と記し　あえて　他の出資者は　名は記さず
《ほか有志》　とのみ刻んだ

重くて大きい飴鋏を
客寄せに　かっかっと鳴らし
平たい箱に並べた　固くて甘い飴を　売り歩く
ろくに元手要らずの　飴売り

ぞろぞろ付いてくる子どもたちにも優しかったろう　あなた
若者は　ちょっぴり溜めた金で　学問を学びたかったか
故郷の父母に送りたかったか

今際に残した　五文字
《罰　日本　罪悪》

年令も　言葉も違う　あなたと　目の見えない菊次郎さんが
結んだ友情は　国の権力よりも強く　深く

だが　百年経っても
政府が指示し　軍隊が　自警団が　行った　朝鮮人・中国人ほかへの
《戦争》にも見まがう　大虐殺を
この国は　なお　知らぬふりしたままです

……百年　経った　百年経ってしまったよ
いつ　心から悔い　しっかり歴史にとどめてくれるのか……

百年経っても　若いままの　あなたは
少し朽ちかけた墓碑のなかで
飴鋏を鳴らし　叫んでいますね

埼玉県寄居町の正樹院にある具學永の墓
（2023 年 2 月 19 日・金龍明撮影）

＊なお、さいたま市見沼区染谷3丁目の常泉寺にも、実名を刻んだ供養の墓がある。犠牲者は姜大興（カンデフン）。墓石の側面に「大正十二年九月四日　空朝露如幻禅定門位　関東地方大震災ノ節当字ニ於テ死亡　施主　染谷一般」とある。迷いこんだ村で深夜、自警団に遭遇、追われ、八雲耕地のイモ畑で滅多刺しにされ虐死。享年24。２００1年、追悼碑も建立。

あとがき

関東大震災時から百年、この国のありようは、どうなったのか。

本書を書き始めてからあっという間に六年の月日がながれ、その間にすさまじい勢いで、この国は、近隣諸国を敵視し、閣議決定だけで、あるいはいくつかの野党まで巻きこみつつ憲法を無視した、悪法を次々成立させ、米国のいいなりに、その尖兵として、戦争をする国へと変貌していっています。

一方、大震災時になされた政府、軍隊、そして民衆も加担した凄まじい大虐殺の犠牲者について、未だこの国は、調査・反省・謝罪・補償も一切していません。そのことが、現在のこの国の暴走を許しているのではないでしょうか。

本書を執筆するにあたり、「ほうせんか」の慎民子さんほかの方たち、「関東大震災中国人受難者を追悼する会」事務局の川見一仁さん、木野村間一郎さんに、出版に関しては一葉社の和田悌二さん、大道万里子さんに、前著同様、すっかりお世話になりました。

有難く御礼申し上げます。

そして、この書を、人間という肩書だけで誇り高く生きた、今は亡き友人、高福子に捧げたいと思います。

２０２３年５月27日　紫陽花咲きかけた日に

石川逸子

参考文献

第一章　朝鮮人虐殺を追って――3・1独立運動

石川逸子『〈日本の戦争〉と詩人たち』影書房

石川逸子編『ヒロシマ・ナガサキを考える』（19号／1986・4、41号／1991・1）ヒロシマ・ナガサキを考える会

李陸史、伊吹郷訳『青ぶどう――イユクサ詩文集』筑摩書房

李潤玉「日帝侵略に抵抗した朝鮮女性たち」（2017・1・15〜11・2）高麗博物館

岡本正光・山崎小糸・井上泉編『槙村浩全集』平凡堂書店

岡百合子『朝鮮・韓国（世界の国ぐにの歴史8）』岩崎書店

関東大震災85周年シンポジウム実行委員会編『震災・戒厳令・虐殺』三一書房

姜徳相『関東大震災』中公新書

姜徳相『呂運亨評伝1　朝鮮三・一独立運動』新幹社

姜明錫「三・一独立宣言の秘話」（『東京新聞』「ミラー」欄／2019・2・29）

金素雲訳編『朝鮮詩集』『朝鮮童謡選』岩波文庫

コリア研究所編訳『消された言論 政治篇』『消された言論 社会篇』未來社

高崎宗司『「妄言」の原形――日本人の朝鮮観』木犀社

「朝鮮人虐殺めぐり『懸念』メールが適切か小池知事答えず」（『朝日新聞』2022・11・5）

鄭栄恒「解放直後の在日朝鮮人運動が問いかけたもの」（『思想運動』1045号／2019・10・1）

日韓「女性」共同歴史教材編纂委員会編『ジェンダーの視点からみる日韓近現代史』梨の木舎

朴殷植、姜徳相訳注『朝鮮独立運動の血史1』『朝鮮独立運動の血史2』平凡社（東洋文庫）

朴燦鎬『韓国歌謡史 1895-1945』晶文社

原奎一郎編『原敬日記』福村出版
原武史『大正天皇』朝日文庫
宮嶋博史責任編集、古川宣子編集協力『原典朝鮮近代思想史 4植民地化と独立への希求』岩波書店
森達也「東京都職員の過剰な忖度」（投稿、ＷＥＢ掲示板談話１３２回）現代書館
安井俊夫『ともに学ぶ人間の歴史——中学社会（歴史的分野）』学び舎
渡部学編『朝鮮近代史』勁草書房

第二章　関東大震災時の朝鮮人虐殺を追って

石川逸子編『ヒロシマ・ナガサキを考える』（7号／１９８３・10、33号／１９８９・10、73号／２００２・５）ヒロシマ・ナガサキを考える会
ＮＰＯ法人「共に生きる国際交流と福祉の家」編「関東大震災時における朝鮮人大虐殺と私——在日三代史を語る 鄭宗碩（チョンジョンソク）」（『もくれんの家 会報』24号／２０１１・４）
呉充功（オウチュンゴン）『隠された爪跡——関東大震災朝鮮人虐殺記録映画』（映画パンフレット／１９８４）麦の会
カナロコ「時代の正体〈22〉関東大震災朝鮮人虐殺（上）震災作文が問う『反省』」神奈川新聞社
関東大震災時に虐殺された朝鮮人の遺骨を発掘し追悼する会＝一般社団法人ほうせんか編集・発行『ほうせんか』（１２４号／２００８、１６４号／２０１８、１７２号／２０２０・１、１７５号／２０２０）
『関東大震災朝鮮人虐殺の国家責任を問う会会報』（7号／２０１３・10）
関東大震災六十周年朝鮮人犠牲者調査追悼事業実行委員会編集・発行『かくされていた歴史 関東大震災と埼玉の朝鮮人虐殺事件 増補保存版』（１９８７・７・１）
姜徳相（カンドクサン）『関東大震災』中公新書
姜徳相・琴秉洞（クムビョンドン）編『現代史資料⑹ 関東大震災と朝鮮人』みすず書房

姜徳相『呂運亨評伝2 上海臨時政府』新幹社
北沢文武『大正の朝鮮人虐殺事件』鳩の森書房
洲浜昌弘からの筆者への手紙（2018・8・15）
千葉県における関東大震災と朝鮮人犠牲者追悼・調査実行委員会編『いわれなく殺された人びと――関東大震災と朝鮮人』青木書店
東京市學務課編『東京市立小學校兒童震災記念文集 尋常一年の巻〜高等科の巻』展望社
東京都葛飾区編集・発行『葛飾区史』
東京府南葛飾郡奥戸村編集・発行『奥戸村誌』
西崎雅夫『関東大震災朝鮮人虐殺の記録――東京地区別1100の証言』現代書館
朴慶植（パクキョンシク）『朝鮮人強制連行の記録』未來社
山田昭次『関東大震災時の朝鮮人虐殺――その国家責任と民衆責任』創史社
李芳世（リパンセ）『李芳世詩集』ハンマウム出版

第三章　関東大震災時の中国人虐殺を追って

石川逸子編集・発行『風のたより』（12号／2017・1・1）
今井清一監修、仁木ふみ子編『史料集 関東大震災下の中国人虐殺事件』明石書店
『大阪毎日新聞』（1923・6・5）神戸大学経済経営研究所作成「新聞記事文庫」より
関東大震災時虐殺された中国人労働者を追悼する実行委員会編集・発行『山河慟哭94年 関東大震災94周年 虐殺された中国人労働者を追悼する集い 報告集』（5号／2018・6・1）
田原洋『関東大震災と中国人――王希天事件を追跡する』岩波現代文庫
仁木ふみ子『震災下の中国人虐殺――中国人労働者と王希天はなぜ殺されたか』青木書店

山下修子「兵戈無用」（『潮流詩派』263号／2020・10）
林伯耀「関東大震災における中国人虐殺と王希天事件」（朝露館での講演／2022・11・12）

第四章　関東大震災時の亀戸事件ほかを追って

伊藤野枝『伊藤野枝全集 下』學藝書林
えきた ゆきこ『マコの宝物』現代企画室
亀戸事件建碑記念会編『亀戸事件の記録』日本国民救援会
『河原井さん根津さんらの「君が代」解雇をさせない会ニュース』（69号／2019・10・23）
北沢文武編『大正の朝鮮人虐殺事件』鳩の森書房
島袋和幸編集・発行『関東大震災 千葉県〈検見川事件〉（秋田・三重・沖縄三県人誤殺事件）』（2022・9・5）
島袋マカト陽子「東京琉球館便り61 植民地、植民者」（『月刊琉球』71号／2019・11）
鈴木裕子編『女性＝反逆と革命と抵抗と』社会評論社
高良勉『僕は文明をかなしんだ——沖縄詩人 山之口貘の世界』彌生書房
千葉福田村事件真相調査会編集・発行『福田村事件の真相——第一集 歴史の闇にいま光が当たる』『福田村事件の真相——第二集 関東大震災の悲劇に学ぶ』
角田房子『甘粕大尉』中公文庫
西崎雅夫編『関東大震災 朝鮮人虐殺の記録——東京地区別1100の証言』現代書館
日本史広辞典編集委員会編『日本史広辞典』山川出版社
東川絹子『三池の捨て子 炭鉱のカナリア——東川絹子炭鉱エッセイ集』N・Yポラリス
森達也「かくも完璧な世界／第四回 ただこの事実を直視しよう」(https://www.cokes.jp/pf/shobun/h-old/mori-t/03.html)
森まゆみ編『伊藤野枝集』岩波文庫

訪問

キム・ジョンス文、ハン・ジョン絵、山下俊雄・鍬野保雄・稲垣優美子訳『飴売り具學永（クハギョン）』展望社

関原正裕「埼玉の史蹟からみる戦争と平和、民衆の闘い　第9回：片柳村で虐殺された朝鮮人犠牲者、姜大興（カンデフン）の墓」（埼玉県労働組合連合会 web サイト／2015・9・18）

石川逸子（いしかわ・いつこ）
1933年、東京生まれ。詩人、作家。1982年より29年間にわたって、ミニコミ通信『ヒロシマ・ナガサキを考える』全100号を編集・発行。
主な著書に、『オサヒト覚え書き――亡霊が語る明治維新の影』『オサヒト覚え書き 追跡篇――台湾・朝鮮・琉球へと』（一葉社）、『三鷹事件 無実の死刑囚 竹内景助の死と無念』（梨の木舎）、『歴史の影に――忘れ得ぬ人たち』『てこな――女たち』（西田書店）、『道昭――三蔵法師から禅を直伝された僧の生涯』（コールサック社）、『戦争と核と詩歌――ヒロシマ・ナガサキ・フクシマそしてヤスクニ』（スペース伽耶）、『日本軍「慰安婦」にされた少女たち』（岩波ジュニア新書）、『われて砕けて――源実朝に寄せて』（文藝書房）、『〈日本の戦争〉と詩人たち』（影書房）。
主な詩集に、『もっと生きていたかった――風の伝言』（一葉社）、『新編石川逸子詩集』（新・日本現代詩文庫／土曜美術社出版販売）、『たった一度の物語――アジア・太平洋戦争幻視片』（花神社）、『定本 千鳥ケ淵へ行きましたか』（影書房）、『［詩文集］哀悼と怒り――桜の国の悲しみ』（共著、西田書店）、『狼・私たち』（飯塚書店）などがある。

オサヒト覚え書き 関東大震災篇

2023年7月7日 初版第1刷発行
定価　2000円＋税

著　　者　石川逸子

発 行 者　和田悌二
発 行 所　株式会社 一葉社
〒114-0024 東京都北区西ケ原1-46-19-101
電話 03-3949-3492 ／ FAX 03-3949-3497
E-mail : ichiyosha@ybb.ne.jp
URL : https://ichiyosha.jimdo.com
振替 00140-4-81176
装 丁 者　松谷 剛
印刷・製本所　モリモト印刷株式会社

ISBN978-4-87196-091-5

石川逸子の本

「刻まれたくなかった、こんな詩集に……」

もっと生きていたかった
風の伝言

四六判変型・128頁
定価 1,000円＋税

ISBN978-4-87196-082-3

本詩集は今を生きる者が
夢に見ることもない、
名も命日も知られない死者を、
詩という夢において愛しむ。

（河津聖恵「詩歌の本棚」新刊評『京都新聞』2021年9月6日付より）

「明治維新」の正体！ この国の汚泥を掘り起こす

オサヒト覚え書き 追跡篇
台湾・朝鮮・琉球へと

四六判・344頁
定価 2,600円＋税

ISBN978-4-87196-079-3

明治天皇の父・亡霊オサヒトを先導役に
「近代」初頭からの侵略の事実を直視し
残虐に抹殺された人びとに想いを致す！

……尊王といいつつ　わたしを殺めたものたちが／
……わたしのむすこ　ムツヒトをもあつかい／民に向けては／
現人神であらせられると崇めさせ／逆らうたものをば　容赦なく殺し／
権力を維持発展させていった歴史を／ゆめ忘れてはなりませぬぞえ
（本書「オサヒトからの挨拶」より）

「天皇制」の虚妄と「近代化」の不実を剥ぐ

オサヒト覚え書き
亡霊が語る明治維新の影

四六判・928頁（2段組）
定価 3,800円＋税

ISBN978-4-87196-039-7

打ち捨てられた死者たちに
想いを馳せてきた詩人の
渾身・必然の歴史長編！

「……ふと、歴史から消されようとしたものたちの影が、
そこここから立ち昇ってくるかもしれませんから」
（本書「小さなあとがき」より）

発行 一葉社